李于錫 回顧錄

이우석 회고록

영화에 살다

여백

앞 사진 : 이장호 감독의 〈바람 불어 좋은 날〉로 제17회 백상예술대상 작품상을 수상했다(1981).

저는 영화에 아낌없이 모두 바쳤습니다.

동아수출공사가 대명작품 하나 없이 85편의 영화를 제작하고,

제가 지금까지 현역 영화인으로서 최장수 영화사를 경영하며

한국영화 100년사에 이름 석 자를 남겼으니

저의 영화인생이 그저 행복하고 감사할 따름입니다.

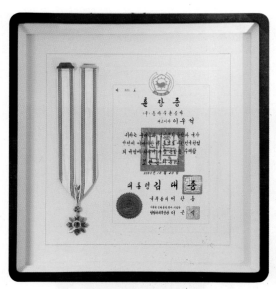

보관문화훈장_김대중 대통령(2001년)

국민훈장 동백장_이명박 대통령(2011년)

국무총리 표창 수장_정세균 국무총리(2020년)

영화제작자로서 대통령 훈장을 서훈한 것은 전무후무한 기록으로 남아 있다.

김동호 강릉국제영화제 이사장과 함께.

영화와 함께한 60년

김동호
강릉국제영화제 이사장, 전 문화부 차관

평생을 '영화에 미쳐서 영화와 함께 살아온' 분이 바로 이우석 회장이다. 어언 세월이 흘러 미수(米壽)를 앞두고 있는 지금도 인천에 대규모의 영화 촬영 스튜디오를 건설하는 일에 심혈을 기울여 올 5월에 개관했다.

이우석 회장은 1960년대에 동아수출공사를 창립한 이후 60년간 〈이어도〉(김기영), 〈바람 불어 좋은 날〉(이장호), 〈만추〉(김수용), 〈깊고 푸른 밤〉(배창호), 〈겨울 나그네〉(곽지균), 〈칠수와 만수〉(박광수), 〈돼지가 우물에 빠진 날〉(홍상수)을 비롯해 한국을 대표하는 감독들의 영화 85편을 제작했다.

또, 홍콩에 한국영화유한공사를 설립해서 1960년대 초부터 우리 영화를 홍콩에 본격적으로 수출하는 창구역할을 맡기도 했다. 다시 말하면, K—뮤비의 첫 테이프를 끊었던 동아수출공사가 한류문화 해외 진출의 태두였던 것이다.

우리들을 열광케 했던 〈원초적 본능〉, 〈늑대와 춤을〉, 〈포청천〉을 수입한 곳도 동아수출공사였다. 해외 문화를 접하기 힘들었던 시기에 우리 국민들이 외국 명작들을 볼 수 있었던 데에는 그의 숨은 노력이 깔려 있었던 것이다.

1984년 말, 영화법 개정으로 영화 제작·수입이 자유화되기 이전까지는 영화제작사가 15~20개 회사로 한정되어 있었다. 그 당시 활동하던 영화사 가운데 지금까지 명실상부하게 생존하고 있는 영화사는 동아수출공사가 유일하다.

흥망성쇠가 극심하고 열악했던 영화 제작 환경 속에서 60여 년간을 버텨오기는 쉽지 않았다. 그럼에도 불구하고 지금까지 지속적으로 영화 제작에 관여하고 있는 분이 바로 이우석 회장이므로 존경스러울 뿐이다.

나는 50여 년이 넘도록 이우석 회장과 친교를 맺어 오고 있다. 하지만 문화공보부나 영화진흥공사에 재직하고 있는 동안에도 나는 '업무'와 관련해서 부탁을 받아본 일이 한 번도 없을 정도로 그의 성품은 우직하고 성실하다. 정부에 근무했던 많은 전직 관료들이 그를 존경하고 따르는 것도 그의 한결같은 성품 때문이다.

이번에 출간하는 이우석 회장의 회고록은 오로지 영화만을 위해서 살아온 그의 참모습을 보여준다. 우직하고 성실하게 살아온 '삶의 진솔한 기록'이면서 70년대에서 90년대를 거쳐 도약해 온 우리 영화사의 생생한 기록이고 야사(野史)다. 오랜 산고 끝에 햇볕을 보게 된 것을 중심으로 축하드린다.

2022년 6월

정진우 감독과 동아수출공사에서(2020).

동병상련의 영화 동무

정진우
영화감독, 한국영화인복지재단 이사장

먼저 이우석 회장이 자신의 영화 인생을 한 권의 책으로 낸다니 영화를 66년간 함께한 친구로서 축하를 드린다.

우리의 영화 인생을 돌아보면 그야말로 '파란만장' 파노라마 인생이었다. 1950년 중반의 우리 영화계는 6.25전쟁의 상처가 그대로 남아 있던 폐허 속에서 영화를 만들겠다는 몇 분의 선배가 영국군이 버리고 간 '오스틴' 트럭에 지친 몸을 싣고 다니던 때였다. 이때 이우석도 영화계에 입문했고 나도 비슷한 시절에 영화계에 입문했다. 이우석은 한국 영화를 외국에 수출하겠다는 의지에서 '동아수출공사'를 설립했고 나는 '우진필름'을 만들었다.

두 사람의 욕망은 영화를 만들자는 뜻은 같았지만 동아수출공사가 한국 영화의 외국수출을 목표로 했다면 우진필름은 한국 영화의 세계화를 목표로 설립되어 이우석은 한국 영화를 동남아에 수출하는 것은 물론 이소룡, 성룡 등의 세계적인 스타를 한국에 정착시키며 기업으로 성장하는 데 성공했다.

'한국 영화도 미국 영화처럼!'이라는 소박한 꿈을 이루고자 특수촬영의 기술개발과 동시녹음의 정착에 66년의 영화 인생을 다 바친 나와 이우석은 같은 시대에 영화를 시작한 친구지만 한 사람은 영화의 시장개척으로, 또 한 사람은 영화의 기술발전으로 한국 영화의 세계화를 꿈꿔온 친구들이었다.

그 시절은 열악한 시절이었다. 1956년, 6.25전쟁으로 인해 부산으로 대구로 피난 갔던 영화인들도 속속 서울에 모여들어 영화를 만들겠다고 하였다. 그들이 모이는 곳은 '연극'의 본거지인 시공관이 버티고 있는 명동이었다. 거기에 나도, 이우석도 끼었을 것이다.

나는 영화를 공부하겠다는 학도의 입장이었고 이우석은 영화에서 돈을 벌겠다고 이 황무지에 들어온 청년이었다. 나는 그때 나이가 갓 스물 전후였고 이우석은 22세였을 것이다. 내가 그를 처음 만난 것은 몇 년이 흘러 나는 영화감독으로 꽤 날리고 있을 때이고 이우석은 한국 영화 상영이 끝난 필름을 모아 수출하는 직업이었다. 그 시절 한국 영화를 만들겠다는 정열은 있었지만 그 만들어진 필름을 어떻게 소화시키는가를 모르면서 영화인들은 열정적으로 영화 제작에 미쳐 있었던 시절, 이우석 청년은 아무도 관심이 없던 영화필름, 그것도 농립모자 테두리로 쪼개서 사

고향 성주의 한개마을 초입에서 정진우 감독과 함께.

용하는 영화필름을 모아서 동남아에 수출했다.

그런데 그 배후에는 우리 영화인으로서는 상상도 못했던 '노다지'가 숨겨져 있었다. 그것은 외국 영화를 수입할 수 있는 권리, 즉 '외화수입쿼터'라는 우리 영화를 만드는 사람들은 알지도 듣지도 못하던 이권이 숨겨져 있었던 것이다. 한국 영화 10편을 수출하고 그 증명서를 문교부에 제출하면 외국영화 수입권이 하나 나왔다.

박정희의 혁명으로 새로운 영화법이 육사8기생들에 의해 만들어지고 과거의 제도가 없어지고 영화의 이권은 영화를 만드는 사람에게 돌려준다는 소위 영화법 제정에 의해 외국영화를 수입하던 이우석은 한국영화를 제작하는 대열에 합류한다.

나는 1968년 '우진필름'을 설립하여 13명의 소위 메이저영화사 대표가 되면서 영화감독 정진우가 아닌 '우진필름' 대표 정진우로 '동아수출공사' 이우석 대표를 만나게 된다. 지금은 고인이 되신 신상옥, 곽정환, 강대진, 주동진 등 쟁쟁한 제작자들과 경쟁하면서 이우석은 비교적 나와는 같은 세대를 나누면서 가장 친근한 친구이면서 가장 치열한 경쟁자로서 영화를 만들고 극장을 경영하고 영화를 수입하고 배급하는 영화의 모든 분야에서 열정적으로 살아왔고, 이제 한국 영화계를 통틀어 두 사람만이 살아남은 것 같아 마음이 쓸쓸하다.

영화계 입문이 1956년!

반세기를 넘어 66년을 함께 살았다. 그러면서 한국 영화를 함께 만들었다. 내가 만든 영화보다 이우석은 더 좋은 영화를 많이 만들었다고 이 자리를 빌려 말하고 싶다. 〈깊고 푸른 밤〉, 〈적도의 꽃〉, 〈장사의 꿈〉 등 이우석은 영화에 대해 천부적인 감각이 있었던 것 같다. 우리 시대 최고의 소설가 최인호를 영입하여 그의 소설 대부분을 영화화하는 데 성공한다. 최인호는 영화를 짜놓고 소설을 쓰는 작가다. 그래서 그의 소설은 영화를 만드는 데 전혀 무리함이 없다. 이장호 감독과 배창호 감독의 발탁도 동아수출공사를 성공시키는 데 일익을 담당했을 것이다.

내가 알기로 이우석은 영화를 공부하지도 못했고 대학을 나온 것도 아니고 확실하게 말할 수 있는 것은 초등학교 중퇴한 학력밖에는…. 그러나 그의 판단력, 결단력, 소위 어려운 문제 앞에서 한 판 승부, 세기의 도박사가 됐어야 할 기개. 존경한다!

건강하게 나머지 얼마 남지 않은 생애를 잘 살아다오!

내가 얼마나 당신의 과거를 알겠는가? 아름다웠던 추억으로 간직하고 있겠습니다.

2022년 6월

이장호 감독과 함께(2013).

이우석 회장님과의 인연은 축복이었다

이장호
영화감독, 서울영상위원회 위원장

1975년, 불과 데뷔 1년 만에 나는 사회적 된서리를 맞고 영화를 만들지 못하게 되었다. 그 시절 철부지 이장호는 5.16 쿠데타로 집권한 박정희 대통령의 아주 엄격하던 사회질서에 전혀 어울리지 못하는 신세대로 기성세대의 눈에는 대책 없는 골칫덩어리였던 모양이다.

대통령의 실제 모습은 전혀 보지 못했지만, 어느 날 밤 꿈에 엉뚱하게 박 대통령을 수행하고 용산 미군 캠프 정문 차단기 앞에서 어떤 여성이 나오기를 기다리고 있었다. 아주 어색한 그 꿈을 꾼 후 나는 갑자기 대마초 연예인 혐의로 중앙정보부, 내무부, 경찰청, 보사부, 검찰 등으로 이루어진 어마어마한 합동수사반에 구속되어 수사받게 되었다. 결과는 1회 대마초 흡연으로 20일간 구속되고 무기한 활동정지 명령과 5만 원의 벌금 전과자로 변신했다. 이미 그전에 입대 신체검사 기피자의 전과가 있는 몸이었다.

그후 자책과 탄식과 반성, 무관심했던 우리 사회에 대해 경이로움으로 혼란의 세월을 보내다가 4년이 지난 어느 날 술에 만취한 대통령을 또다시 수행하는 꿈을 꾸더니 이번엔 반대로 기적처럼 정치적 제재가 풀렸고 다시 활동할 수 있게 되었다. 박 대통령 시해사건 직후였다.

그리고 바로 이우석 회장님의 호의로 나의 두 번째 출세작 〈바람 불어 좋은 날〉 계약이 이루어지고 새 영화를 만들 수 있게 되었다.

이 회장님과의 인연은 나에게 축복이었다. 꿈꾸듯 연출료도 파격적으로, 이전에 내가 받은 연출료의 30배가 되는 거액이었다. 그 연출료로 양재동에 내 생애 최초로 단독주택을 새로 건축할 수 있었다. 당시의 동아수출공사는 아주 환경이 좋은 장충동 고급 주택가에 있었는데, 지금 기억에도 동화처럼 아주 서정적인 꿈 꾸는 듯한 환경이었다. 그곳에서 〈바람 불어 좋은 날〉이 태어났고 그 영화는 나에게 대종상 감독상과 한국 영화 100년 메모리의 10대 우수작으로 선정되는 명예를 선물했다.

이우석 회장님의 넉넉한 큰손은 내 주위의 영화인들에게도 고향처럼 푸근한 자궁의 의미가 있다. 신승수 감독과 박광수 감독이 나에게서 독립해 모두 동아수출공사에서 데뷔했다. 그뿐만 아니다. 우리의 고전 〈임자 없는 나룻배〉의 원로 거장 이규환 감독의 마지막 신작 〈남사당〉을 기꺼이 제작한 것도 이 회장님의 넓은 아량에서 나왔고, 신예 홍상수 감독의 데뷔작 〈돼지가 우물에 빠진 날〉 등 많은 우수작을 제작한 이우석 회장님의 영화계의 공로와 업적은 반드시 새로운 평가와 감사를 받아야 한다. 그리고 88세 기념 회고록 출판을 진심으로 축복한다.

2022년 6월

왼쪽부터 소설가 최인호, 배우 장미희, 뒷줄에 배창호 감독.
1985년 영화 〈깊고 푸른 밤〉 시절이다.

한국 영화의 낭만 시대를 회상하며

배창호
영화감독, 울주세계산악영화제 집행위원장

9월의 따스한 햇살이 내리쬐던 날, 강남의 이우석 회장님 사무실로 발길을 향하는데 문득 41년 전 어느 봄날 장충동의 동아수출공사를 처음 찾아갔던 기억이 떠올랐다.

그때 나는 이장호 감독님의 재기작인 〈바람 불어 좋은 날〉의 조감독이었고 동아수출에서 제작을 맡기로 했었다. 넓은 2층 단독주택을 사무실로 쓰던 동아수출의 회장실은 신라호텔이 바라다 보이는 1층 맨 끝방이었는데 당시 영화 제작사로는 보기 드물게 리셉션 데스크가 있어 비서의 안내를 받아야 회장실로 들어갈 수가 있었다.

이 회장님은 일단 작품이 결정되면 감독을 신뢰하는 스타일이라서 내가 감독이 되어서도 별 말씀을 나누지 않았고, 지금은 고인이 된 이 회장님의 친동생 이권석 상무와 주로 대화를 나누었는데 개런티 책정 같은 중요한 일도 흰 목련이 활짝 핀 마당에서 쉽게 결정을 하곤 했다. 돌이켜보면 얼마나 낭만적인 영화 시대였던가.

매봉역 근처의 사무실 안에는 동아수출공사가 수입했던 영화 〈늑대와 춤을〉의 포스터도 걸려 있었고, 오래전부터 사진 찍기를 좋아하셨던 이 회장님이 청년 성룡과 홍금보와 함께 찍은 빛바랜 사진도 눈에 띄었다.

오랜만에 뵙는 이우석 회장님은 건강을 잘 관리하고 계신 모습이었다. 건강의 비결을 묻는 내 질문에 이 회장님은 "매사가 고맙지. 다 내려놨어." 하시며 마음 관리가 최우선이라는 듯 미소를 지으셨다.

작품을 만들면서는 여러 대화를 나눌 기회가 없었기에 나는 불쑥 회장님의 경영 철학이 무엇인지도 질문을 했다. 잠깐의 생각 끝에 돌아온 대답은 "정직"이었다. 정직하게 행하면 적이 만들어지지 않을 뿐만 아니라 반드시 보답이 따른다는 말도 덧붙이셨다. 그제서야 나는 분쟁이 많던 영화계에서 이 회장님이 별 구설수에 오르지 않은 이유를 알게 되었다.

사무실에서 식당으로 자리를 옮겨서 이 회장님이 일제 때 일본에서 어린 시절을 보낼 때 일본 아이들한테 몰매를 맞으면서도 끝내 항복하지 않았다는 이야기, 청년 시절 수입사를 차리고 처음으로 수입한 영화가 이태리 작품 〈물망초〉라는, 내가 초등학교 시절 단체관람으로 감명 깊게 본

동아수출공사 사무실의 영화 〈늑대와 춤을〉 포스터 앞에서(2021).

영화였기에 기억이 새로웠다. 비토리아 데시카 감독의 〈해바라기〉가 구소련(지금의 러시아)의 레닌그라드 장면이 나온다는 이유로 개봉이 보류되다가 오랜 시일이 지나 주한미군 방송(AFKN TV)에서 전파를 타고 난 다음에야 힘겹게 개봉할 수 있었다는 옛 시절 이야기도 하셨다. 그리고 아직도 못 들은 이 회장님의 많은 이야기들은 이 책을 통해 들을 수 있다는 기대를 하였다.

이 회장님을 뵙고 난 며칠 후 이 회장님으로부터 카톡을 받았는데, 그날 찍은 사진들과 여러 건강 정보를 모은 글을 함께 보내주셨다. 그 글의 마지막은 이렇게 끝맺고 있었다.

"당신은 어쩌실 건가요. 생명은 한 번뿐인 선물입니다."

이우석 회장님! 건강히 오래오래 사세요!

2022년 6월

《한국영화 100년사》의 저자 안태근 교수와 함께(2021).

한국 영화계의 신사

안태근
한국영화100년사연구회, 한국다큐멘터리학회 회장

이우석 회장님을 따라서 성주와 부산엘 다녀왔다. 성주의 높다란 은행나무와 농가를 보며 이곳에서 자란 어린시절 이우석을 생각해보았다. 한없이 싱그럽고 파란 하늘만큼이나 푸른 꿈을 키웠을 것이다. 그러나 실상은 그러하질 못했다. 일제강점기 나라 잃은 소년은 이유도 모른 채 일본 소년들에게 온갖 고초를 겪었다. 독립운동을 한 것도 아니지만 그들은 이유 없이 같은 반의 친구를 때리고 못살게 굴었다. 이우석 회장이 평생 장애를 갖게 된 이유이다. 그저 나라 잃은 조선의 아이라는 이유에서였다.

소년은 전후 혼란기에 부산의 동아극장에서 영화 일을 시작한다. 그리고 한국영화 수출의 선봉에 섰다. 회사명도 동아수출공사, 얼마나 멋진 이름인가? 회사명에 수출이 들어간 유일한 영화사이다. 그러한 획기적인 아이디어로 제작한 한국영화가 85편이다. 당연히 한국영화 100년사에 남은 명편이 수두룩하다. 특히 이우석 회장의 영화인생을 상징하는 예가 〈남사당〉이다. 유현목 감독이 찾아와 이규환 감독의 은퇴작을 제작해달라고 부탁해서 만들어진 영화이다.

그에겐 상 받을 기회도 많았지만 그는 부정한 지름길을 택하지 않았다. 오로지 정직하게 매사에 임했다. 누군가 그가 지급하는 영화인 사례를 듣고 "그렇게 많이 주면 우리는 어떻게?"라고 따져 물었지만 "난 달래서 준 것뿐이라고 답했다."고 한다. 그렇게 만든 영화이니 완성도가 좋을 수밖에 없었다. 그렇게 해서 미국 로케이션을 감행한 정소영 감독의 〈애수의 샌프란시스코〉나 배창호 감독의 〈깊고 푸른 밤〉이 만들어졌다.

좋은 영화의 산실인 동아수출공사는 모든 영화인들에게 선망의 대상이었다. 동아수출공사는 강북시대, 강남시대, 양재시대를 거쳐 이제 도곡시대를 맞았다. 2021년 도곡동에 새로이 보금자리를 마련한 동아수출공사의 더 큰 미래는 인천의 항동에 위치한 대규모 스튜디오이다. 방송사에 근무하며 대형 스튜디오를 보아온 나도 스튜디오 건설 현장을 보며 그 크기와 넓이가 가늠이 안 된다. 대지 1,700평, 건평 2,000평이라는데 한 눈에 다른 스튜디오와 비교가 된다. 주차장은 50대 규모로 배우들의 편리성을 최우선으로 하였다고 한다.

1년간 공사 끝에 2022년 봄에 완공을 보았다. 이 스튜디오 건설은 강남역의 동아극장과 맞바꾼 대역사이다. 이런 스튜디오를 남긴 이우석 회장이야말로 존경받을 영화인이다. 그는 아직도 출퇴근하는 최고령 영화사 회장이다. 양재천을 함께 거닐며 나도 그와 같이 나이 들고 싶다는 생각이 절로 든다. 백세 시대, 부디 천수를 누리소서!

2022년 6월

나는 하늘이 도운
'기적의 사나이'

인간의 한 생애란 그저 나무 아래서 잠깐 잠이 들어 한바탕 꿈을 꾼 것처럼 덧없다고 합니다. 인생은 남가일몽(南柯一夢)이란 선인들 말씀에 고개를 끄덕이게 되는 게 요즘입니다.

제 나이가 어느덧 미수(米壽)에 이르게 되었습니다. 6.25동란으로 폐허가 된 이 나라에서 운명적으로 영화와 인연을 맺은 이래 근 70년 가까이 한길을 걸어왔습니다. 그야말로 일평생 영화에 울고 웃으며 영화 하나로 살아온 사람입니다. 그나마 1세대 영화 제작자로서 여전히 현역으로 자리를 지키고 있는 사람은 저 혼자라고 합니다.

영화계에 첫발을 내딛은 이래 젊은 나이에 외국 영화를 수입해 들여오고, 또 처음으로 우리 영화를 해외에 수출하는 사업을 시작했으니 제 인생은 말 그대로 영화인생 그 자체였습니다.

그래서 제 이름을 걸고 직접 영화를 제작하려고 회사를 창업할 당시, 제가 처음 영화계와 인연을 맺었던 부산 동아극장에서 '동아'를 따오고, 특히 우리 영화를 해외로 수출하겠다는 포부를 가지고 '수출공사'를 붙여 '동아수출공사'라는 영화사를 세웠던 것입니다.

이렇게 특별한 사명을 짓게 된 데에는, 하루아침에 생겼다가 하루아침에 문을 닫고 사라지는 영화사가 많던 당시 충무로 풍토와 관련이 깊었다 하겠지요. 돈을 벌어 영화계를 떠나든 부도를 내고 야반도주를 하든 무책임한 영화제작자가 되지 않겠다는 의지에서 영화사로서는 유일무이한 독특한 사명을 갖게 되었던 것입니다.

그래서 저 역시 영화로 크게 손실을 본 적도 있었으나 영화로 일어났고, 영화인으로서 외길을 지켜 입지전적인 업적을 남겼다는 소리도 듣습니다.

영화로 부를 일구었다고 해서 다른 사업에 한눈을 팔지 않았습니다. 주위에서 조언하고 도움을 주겠다 해도 저는 한사코 사양했습니다. 아마 다른 사업에 손을 댔더라면 재벌 소리를 들었을 수도 있었겠지요. 하지만 저는 영화제작자로서 이름 석 자를 남기겠다는 신념을 우직하게 지켜왔습니다. 오직 '정직'만이 유일한 '빽'이라는 마음 하나로 영화제작자의 길을 걸어온 것이지요.

영화법 제정으로 우리 영화를 제작해야 외국영화 수입권을 주던 쿼터제가 있던 시절엔 제작 편수를 맞추기 위해 영화사 이름만 빌려주는 대명(代名) 제작이 공공연하게 통용되던 때도 있었습니다만 동아수출공사는 단 한 편의 대명 영화도 없이 85편의 영화를 제작했습니다. 정직을 신조로 삼아온 사람으로서 한 점 부끄럼 없는 자부심이라고 하겠습니다.

가까운 분들 외에는 전혀 모르는 사실 두 가지가 있습니다. 하나는, 일제시대에 태어나 아버님을 따라 일본과 한국을 전전하느라 제때 공부하지 못해 국민학교 졸업장도 없는 무학력자란 것입니다. 또 하나는 아버님께서 강제징용으로 가 있던 일본 탄광촌에서 '조센징'이라는 이유로 폭행을 당해 평생 남모를 고통을 안고 살아야 했던 장애가 있다는 사실입니다.

이러한 사람이 영화인 외길을 꿋꿋하게 걸어 나름대로 일가를 이루었으니 저는 참으로 '기적의 사나이'였던 것입니다. 하늘이 돕지 않고서는 제 스스로 이룰 수 없는 기적을 이루었다고 생각합니다.

저는 인복이 많은 사람입니다. 항시 최고의 작가, 최고의 감독과 연기자들과 일하려고 했고, 또 그분들이 저의 손을 잡아주었습니다. 이미 영화계 최고의 인재이거나 장차 우리 영화계를 이끌어 나갈 미래의 인재들이 동아수출공사의 명작들을 탄생시켰던 것입니다.

그래서 외람되게 펴내는 저의 회고록이 우리 영화 100년사에 유익한 자료가 되기를 바라고, 저와 같이 영화를 만들었던 분들과는 그 영광을 함께 나누고, 저와 오랜 우정을 맺으신 사회 각계 여러분들과는 그 추억을 함께 회상하는 책이 된다면 더없이 기쁘겠습니다.

끝으로, 저의 구술을 받아 잘 정리해준 신흥래 작가, 그리고 이 책이 나오기까지 도와주신 김두호 신영균예술문화재단 상임이사께 고마운 마음을 표합니다.

2022년 6월

李于錫 識

차례

차례

Part 1 정직 하나로 살아온 인생

1 일본 탄광촌에서의
유년시절

인생을 되돌아보면 하루하루가 다 기적 같은 날들이다. 일제 강점기로부터 오늘에 이르기까지 역사적 격랑기를 무사히 헤쳐나온 것을 보아도 그렇고, 걸음마 수준이던 우리나라 영화가 세계 3대 영화제로 불리는 칸과 베니스, 베를린, 그리고 아카데미에서 상을 받고 K-무비라는 찬사를 받는 지금까지 내가 가장 오랜 역사를 지닌 영화사를 경영하고 있다는 사실도 기적 같은 일이다.

시대적 여건이나 영화산업의 특수한 측면을 감안해볼 때 오늘의 내가 있기까지는 내 개인의 능력보다는 모두가 다 하늘이 주신 복이 아니겠는가라는 생각을 한다.

여러모로 부족한 내가 어떻게 그 험난한 인생길을 헤쳐왔을까? 또 유명, 무명의 영화사들이 혜성처럼 나타났다가 하루아침에 사라져버리는 충무로에서 '이우석'이란 이름 석 자를 걸고 오늘날까지도 유일하게 최장수 영화사로서 한길을 걸어올 수 있었을까? 곰곰이 생각하면 할수록 이러한 일들이 어찌 혼자만의 힘으로 이루어졌다고 하겠는가 싶은 생각이 든다.

평생 85편의 영화를 제작하면서, 여든여덟 인생에 티를 남기지 않고 살아온 것은 정말 기적 같은 일이다. 소위 혈연과 지연, 학연이라는 '빽(뒷배)'이 있어야 출세하던 시절에 아무런 배경도 없는 사람이 영화예술계에서 부끄럼 없이 살아왔으니 주위에서 나를 영화계의 대부(代父)라든가 충무로 신사라고 부르곤 하는 것이 아니겠는가.

혈연과 지연을 얘기하기에 앞서 나는 일제하에 국민학교(요즘의 초등학교)조차 제대로 다니지 못한 무학력자다. 내가 존경하는 현대그룹 창업주인 고 정주영(1915~2001) 회장은 그나마 국민학교를 졸업하고 자수성가를 하신 분이지만 나는 졸업장 하나 없는 사람이다.

성산 이씨(星山李氏) 30세 정언공파(正言公派)인 조부(李 喆자 熙자)께서는 경북 성주군 월항면의 성산 이씨 집성촌인 한개마을에 살면서 슬하에 아들 형제를 두셨다.

가세가 넉넉지 못해 차남인 아버지(李 基자 萬자)는 어머니(兪 林자 月자)와 혼인하여 한개마을에서 북서쪽으로 시오 리쯤 떨어진 초전면 봉정리에서 셋방을 얻어 신혼살림을 차렸다.

1935년 10월 15일 내가 태어나고 얼마 지나지 않아 아버지께서는 일본 규슈(九州)로 징용을 가셨다. 일제 강점기라서 사는 게 더욱 힘들던 당시 징용이라도 가서 돈을 벌어야겠다는 일념으로 어머니와 나를 남겨둔 채 규슈에 있는 탄광으로 떠나셨던 것이다.

2년여가 흘러 세 살 무렵, 아버지로부터 소식을 받고 어머니는 나를 데리고 일본으로 건너갔다.

당시 일본에 가려면 부산에서 시모노세키(下關)를 오가는 관부연락선을 탔으니 어머니도 어린 아들을 품에 안고 현해탄(玄海灘) 뱃길을 반나절 달려 일본 땅에 내렸을 것이고, 또 이틀쯤 걸려 규슈 어느 탄광촌에서 아버지를 만났을 것이다.

처음 취항한 관부
여객선 이키마루
호 모습.(사진·부
산세관)

소위 '모집 광부'라는 명분을 내세웠지만 실제로는 강제징용에 끌려갔던 한국인 중에는 훗날 고향의 가족들을 불러와 같이 사는 사람들이 더러 있었다. 징용병으로 끌려간 젊은이들이 일본군의 총알받이가 되어 언제 죽을지 모르는 전쟁터로 내몰렸던 것보다는 낫다고 해야 할까? 적은 임금에다 가혹한 노동에 시달렸으나 다행스럽게도 아버지는 비참한 생활 속에서도 어느 정도 안정을 찾아 고향서 가족이라도 데려올 수 있었던 것 같았다.

이렇게 우리 가족은 그 탄광촌에서 내가 열 살이 될 때까지 7년간 살았으나 나는 지금도 그 마을 이름조차 기억하지 못한다. 온통 검은 탄가루를 뒤집어쓴 시골에서만 묻혀 살았기 때문에 그곳이 어딘지 알지 못했을 수도 있고, 어린 나이에 '조센징(조선인을 얕잡아 조센징이라 불렀다)'이라는 멸시와 학대를 받고 살았던 고통 때문에 내 스스로 그 기억을 지워버렸는지도 모르겠다.

아무튼 규슈의 그 이름 모를 탄광촌 국민학교에는 나와 또 한 명의 우리나라 아이가 다녔다. 우리 둘은 일본 애들한테 저희들 식민지에서 온 '조센징'이란 이유로 시도 때도 없이 시달리고 구타를 당했다.

여럿이 한 명의 아이한테 집단폭행을 가하는 것을 '후쿠로다다케'라고 했다. 9살 무렵, 그러니까 국민학교 2학년이었을 때 나는 일본 아이들의 표적이 되어 거의 매일같이 후쿠로다다케를 당했다. 그런데 하루는 평생 장애를 안고 살아야 했던 불상사가 벌어졌다.

일본 애들은 특별히 나만 표적으로 삼아 괴롭혔다. 아마 폭력에 굴복하지 않는 내가 눈엣가시처럼 보기 싫어서 나날이 그 강도가 더 심했던 것 같았다. 그날도 네 놈이 달려들어 나를 쓰러뜨린 다음 몸 위에 올라타 때리고 걷어차면서 "고상! 고상!" "호시야마, 고상!" 큰소리로 윽박질렀다. 항복하라는 뜻이었다. 내가 호시야마(星山)라고 불렸던 것은 성산이씨라서 일제시대에 그렇게 창씨개명을 했기 때문이었다.

얼굴로, 몸뚱어리로 주먹과 발길질이 계속됐지만 나는 절대 "고상"이란 말을 입 밖에 내지 않

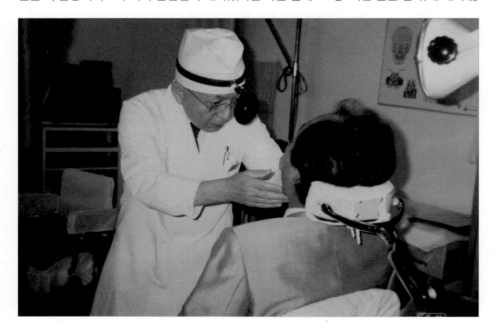

송창섭 전 대구대 총장 소개로 일본 아시카와 원장에게 두 번이나 코수술을 받았다. 그는 박정희 대통령 치료를 맡을 정도로 이비인후과계 권위자였다.

았다. 어린 나이에 무슨 애국심이 있었겠냐마는 이유없이 굴복하고 싶지 않았다. '내가 너희들한테 뭘 잘못했길래 고상하란 말이냐.' 어린애가 무슨 생각으로 매질을 참아내며 끝내 항복하지 않았는지 모르겠다. 그때 일본 애들이 시키는 대로 "고상, 고상" 하고 항복했으면 몸이나 성하지 않았겠는가 하는 생각이 드는데 말이다.

시간이 얼마나 흘렀을까. 정신을 차리고 나니 눈물과 피로 만신창이가 된 내가 땅바닥에 누워 있었다. 이미 해는 산 너머로 이울며 땅거미가 지고 있었다. 일어나 힘없이 집으로 터벅터벅 걸어가고 있는데 한 어른이 나를 보더니 "너 코가 왜 그러니. 빨리 병원에 가봐야겠다" 하는 것이었다.

깜짝 놀라 얼굴을 더듬어 보니 코가 오른쪽으로 돌아가 귀에 가 붙은 것만 같았다. 그제서야 큰일났구나 하는 걱정에 가슴이 덜컥 내려앉았다. 어린 마음에도 우리 형편이 병원에서 치료받는 것은 꿈도 꿀 수 없는 처지란 걸 잘 알고 있었기 때문이었다.

이렇게 부러지다시피 휘어진 코를 제때 치료받지 못해 나는 평생토록 비염으로 고생하며 살아야 했다. 나중에 나이가 들어 강북삼성병원 전신 고려병원에서 세 차례 수술하고, 또 40여 년 전 송창섭 전 대구대 총장 소개로 일본 도쿄의 이비인후과 권위자로 알려진 아시카와 원장을 찾아가 두 차례나 수술을 받았어도 너무 오래된 병이라 결국 회복하지 못했다.

광복과 함께
고향에 돌아오다

우리 가족은 1945년 8월 15일 조국 광복의 기쁨을 일본 탄광촌에서 맞았다. 마지막까지 항전하던 일본은 8월 6일 히로시마(廣島)에, 사흘 뒤 나가사키(長崎)에 연달아 두 발의 원자폭탄이 떨어진 다음에야 무조건적인 항복을 선언하고 패전국이 됐다.

우리 가족은 곧바로 고향으로 돌아가기로 결정했다. 내가 학교에서 너무 괴롭힘을 당하니까 "하나뿐인 아들 큰일나겠다"며 어머니가 귀국을 종용했다고 한다. 고향이라고 해서 마땅한 밥벌이가 있는 것은 아니었으나 외아들 하나라도 잘 키워 대를 이어야겠다는 생각에 서둘러 일본 생활을 정리했다.

패전국의 혼란 속에서 귀국 준비를 하느라 그랬을까, 우리가 규슈를 떠난 것은 광복 후 두 달여가 지난 11월 초였다. 우리나라로 가려면 일본 혼슈 최서단의 시모노세키까지 간 다음 부산행 관부연락선을 타야 했다.

세간살이를 목탄트럭에 바리바리 싣고서 지옥 같았던 그 마을을 떠났다. 당시 운송수단이라곤 숯이나 나무를 때어 거기서 나오는 목탄가스로 엔진을 돌리는 트럭뿐이었다.

아버지와 어머니는 운전석 옆에 앉고, 나는 짐칸에 탔다. 마침 비가 내려 짐칸을 '가빠'라는 천막으로 덮었는데, 그 안에서 비를 피하고 있던 내가 으슬으슬 추우니까 목탄난로 쪽으로 바싹 붙어 몸을 녹이려 했나 보았다. 시모노세키항에 도착해 천막을 걷어내자 내가 난로 옆에 쓰러져 의식을 잃고 있었다. 마치 연탄가스에 중독된 것처럼 목탄가스를 계속 들이마셔 기절했던 것이었다.

깜짝 놀란 아버지가 송장처럼 늘어진 나를 들쳐 업고는 한국 사람이 운영하는 한의원을 물어물어 찾아갔다. 침을 놓고 한동안 안정을 취한 후에야 의식이 돌아왔다. 하지만 그러는 사이에 배는 출항해버리고 우리 가족은 다시 일주일 넘게 기다렸다가 다음번 배를 탈 수 있었다.

내가 목탄트럭에서 죽을 뻔했다는 사실도 나중에 부모님한테 들어 알았지 내 기억 속에는 아무런 흔적도 남아 있지 않았다.

3 성산이씨와 한개마을

고향으로 돌아오자마자 이튿날 아침 일찍 아버지는 내 손을 잡고 큰댁이 있는 한개마을을 찾았다. 징용을 갔다가 근 10년 만에 돌아왔으니 가장 먼저 조상님과 집안 어른들, 형님을 찾아뵙고 인사를 드리려는 것이었다. 고향집이 있는 성주군 초전면 봉정리에서 월항면 대산리 한개마을까지는 채 시오 리도 안 되는 거리다.

이 한개마을은 우리 성산이씨 종친들이 모여 사는 전통마을이다. 영취산 줄기가 뻗어내린 양명한 산기슭에 한옥들이 어깨를 나란히 하고 있다. 국가민속문화재로 지정될 만큼 오늘날까지도 전통한옥이 그대로 보존되어 있고, 골목골목 토석담이 정겨운 풍경을 이루고 있어 관광객들의 발걸음이 끊이지 않는 곳이다.

당시 큰집 사랑방에는 예닐곱 명의 어른들이 둘러앉아 있었고, 아버지와 나는 큰절을 올렸다. 어른들 중에 한 분은 곰방대를 피워물고 뒤돌아 앉아 있었는데, 사랑방에서 물러나와 내가 아버지한테 "아버지, 저 아저씨는 왜 돌아앉아 있느냐"고 물었던 기억이 난다.

해가 바뀌자 나는 집에서 십여리 거리에 있는 초전국민학교 봉소분교에 들어갔다. 근년에 국민들 관심사가 됐던 성주 사드기지로 가는 용봉리 길목에 지금도 봉소초등학교가 있다. 당시에는 한 반에 70여 명의 학생이 있었다.

내 나라, 내 고향으로 돌아왔어도 모든 게 낯설었다. 무엇보다 나는 한글을 배우지 못한 데다가 우리말도 아주 서툴렀다. 어릴 적부터 일본서 생활하고 그곳 학교를 다녔으니 당연한 일일 수밖에. 부모님은 일하느라 집을 비워 나 혼자서 지냈고, 하다못해 형제라도 있다면 서로 우리말로 얘기라도 하였을 텐데 그도 아니었으니 낫 놓고 기역 자도 모를 수밖에 없는 처지였다.

그러다보니 일본에서는 '조센징'이라고 학대당했는데, 반대로 우리나라에 와서는 우리말이 서툰 데다가 말투가 일본사람 같다며 '쪽바리'라고 놀림을 받았다. 일제 36년간의 압제에서 막 해방되었으니 어른이고 아이고 할 것 없이 반일감정이 뼛속에 사무쳐 있을 시기라서 더욱 그랬을 것이다.

'쪽바리'란 손가락질이 억울했으나 그래도 여기는 내 나라, 내 고향이란 생각에 논밭길을 따라 집으로 돌아올 때마다 멀리 세종대왕자 태실이 있는 선석산 허리에 걸려 있는 흰구름을 바라보면 마음이 푸근했다. 아이들한테 아무리 따돌림당했더라도 나에게 있어 성주는 예나 지금이나 고맙고 따뜻한 고향일 뿐이다.

수령 7백 년이 넘은 은행나무가 봉정리 마을 초입에서 있다. 1970년 고향을 찾은 우리 내외.

일본서 귀국해 다
녔던 봉소분교가
지금도 그 자리에
있다. 건물은 후에
다시 지은 것이다.

마을 건너편 선석
산 자락에는 세종
의 왕자 중 장자 문
종을 제외한 18명
의 태를 모신 태실
이 있다.

성산이씨 후손들이 모여 사는 성주 한개마을

영취산이 병풍처럼 둘러싸고 있는 한개마을은 조선 세종 때 진주목사를 지낸 이우(李友) 선조께서 처음 들어와 이룬 한옥마을로 지금까지 성산이씨 후손들이 사는 집성촌이다. 성주군 월항면 대산리 한개마을에 사는 종친들은 6대손 이정현(李廷賢) 선조의 아들 '수성(壽星)' 슬하의 4명의 아들, 달천(達天), 달우(達宇), 달한(達漢), 달운(達雲)의 후손들이다.

정언공파(正言公派) 30세 나의 조부(喆熙)는 조모(羅州林氏 宗來) 사이에 아들 형제를 두셨는데, 장남은 기(基)자, 동(東)자를, 차남은 기(基)자 만(萬)자를 쓰셨다. 차남이 나의 선친이시다. 아버님은 어머니(兪林月) 슬하에 장남(又錫)과 남동생(權錫)을, 또 어머님이 일찍 작고하여 새어머니 슬하에서 여동생 순옥과 옥자를 보셨다.

우리 가문의 시조는 고려 개국공신인 휘(諱) 능일(能一) 장군이시다. 고려 태조가 후삼국을 통일한 후 장군을 고려 최고의 관직인 벽상삼한 삼중대광사공(壁上三韓三重大匡司空)에 책봉하였으며, 오늘날의 경북 성주군 일대를 봉지(封地)하였다. 이후 본관을 성산(星山)으로 삼게 되었다.

현대에 이르러 장애인 교육을 개척한 이영식, 대한불교조계종 초대 총무원장과 종정이었던 청담 대선사, 이효상 전 국회의장, 이태영 전 대구대 총장 등이 우리 집안이다. 또 나와 동시대 인물로는 이수빈 전 삼성생명 회장이 있는데, 내가 32세이고 이 회장과 동생 이수철은 33세인지라 사적으로는 나를 '아재'라 부른다. 나와 같은 대에 이원영 전 스페인 대사가 있고, 33세의 이종섭 국방부장관(전 합참차장), 34세의 이왕근 전 공군 참모총장(대장), 35세 이종호 과학기술부장관 등이 있다.

한개마을을 방문한 성주 역사문화 투어 일행들과 함께(2003). 현대에 이르기까지 많은 인재들을 배출하여
영남 최고의 길지로 꼽히는 한개마을은 2007년 마을 전체가 국가민속문화재로 지정됐다.

한주종택 내 한주정사에서 본인과 박관용 국회의장(오른쪽 세 번째), 이윤기 박사(다섯 번째) 등과 함께.

한주종택은 1767년 건축되어
1백 년 뒤 1866년 한주 이진상이
중건했다. 한주(寒州) 선생의
아들(이승희)과 두 손자(이기원,
기인)가 독립운동에 헌신해 삼부자가
건국훈장을 수훈했다.

한개마을 전경. 영취산이 병풍처럼 둘러싸고 마을 앞으로는
낙동강 지류인 백천이 흐른다.

33세 정언공파 이수빈
회장의 고택.

성산이씨 문중 어른들을 모시고.
맨 오른쪽이 황선필 전 MBC 사장의 외삼촌이고,
두 번째가 이원영 전 대사의 부친이시다.

성주군청 옆의 성주이씨
성산재(星山齋) 내 시조공유허비
앞에서(2021).

성산이씨 화수회
이상홍 전 회장(맨 왼쪽)과 총무.

왼쪽부터 이수빈 전 삼성생명 회장, 본인, 한상칠 재경성주향우회 전 회장, 피홍배 삼정 회장.

왼쪽부터
이창규 DK메디컬솔루션 회장, 본인,
이상연 전 장관, 이수빈 회장.

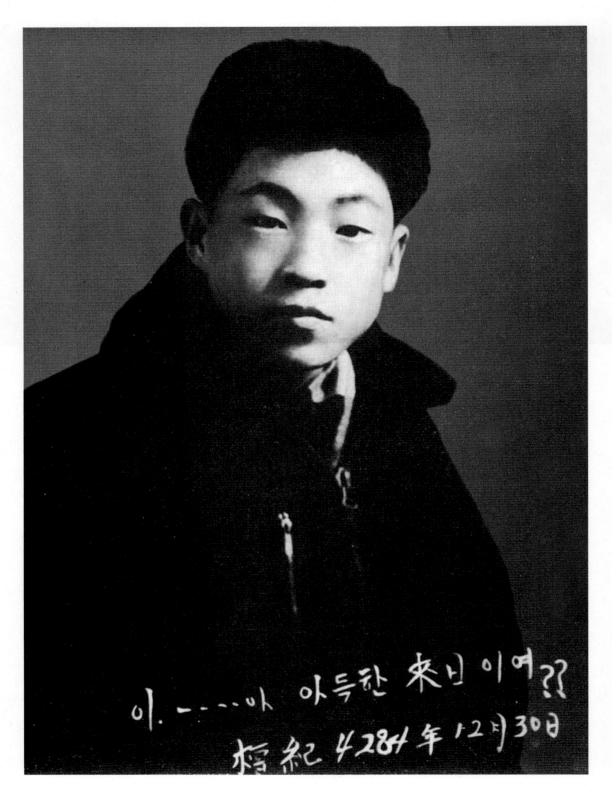

이. ----아 아득한 來日 이여??
檀紀 4284 年 12月 30日

4   아, 아득한 내일이여

우리 가족이 고향서 자리를 잡지 못한 데에는 아버님이 한순간 실수하여 투전꾼들 꾐에 넘어가 빈털터리가 되는 사건이 있었기 때문이었다. 탄광에서 죽을 고생을 해서 모은 얼마간의 종잣돈이 있었는데, 시골을 떠도는 투전판에 드나들었던 모양이었다. 집과 논을 장만해 정착하려던 돈을 허망하게 날려버리고 다시 빈손이 되고 말았다.

지금 생각해보면 아버님은 부지런하고 선한 분이셨는데, 고생을 참 많이 하셨다. 뿌리 깊은 집안의 차남으로 태어났으니 본바탕은 좋은 분이셨다. 큰아버님은 면장 따님과 결혼하셨는데 아버님과 반대로 괄괄한 성격이셨다. 큰아버님께서 큰소리를 한번 치시면 아버님은 그저 그 말씀에 순종할 뿐 토를 달지 못했다. 그렇게 선기질이신 분이 강제징용까지 갔다와 귀신에 홀린 듯 사기노름에 당하셨으니 얼마나 크게 낙심하셨을까. 형님께 사정도 하지 못하고 식구들 먹고 살아갈 방도를 찾으려고 고민이 깊었을 것이다. 그러다가 아예 식구들을 데리고 큰도회지로 나가 지게라도 져서 밥벌이를 해야겠다고 결심했던 모양이었다.

귀국해 성주에서 두 번째 겨울을 난 다음이니까, 아마도 해방 이태 뒤인 1947년에 우리가 부산으로 이사를 갔던 것으로 기억한다.

우리 세 식구가 정착한 곳은 부산시 대신동 북산리 산동네였다. 현재 동아대학교병원 쪽 산비탈에 들어선 동네였다. 잃었던 나라를 되찾았으나 국민들은 가난에 허덕일 때라서 대도시에는 전국 각지에서 몰려든 사람들로 붐볐다. 입에 풀칠이라도 하고 살기에는 농촌보다는 도시가 훨씬 나았기 때문이었다. 부산만 하더라도 부두나 역전에서 지게라도 지면 하루 벌어 하루먹고 살 품삯이라도 벌 수 있었다.

북산리에도 자그마한 판잣집들이 다닥다닥 서로 어깨를 맞대고 늘어나고 있었다. 소위 일본말로 '하꼬방'이라고 하는 작은 상자곽 같은 방 하나에 한 가족씩 사는 곳이었다. 게다가 3년 뒤 6.25가 터져 피난민들이 부산으로 밀려 내려오자 이 산동네는 올망졸망한 판잣집들로 까

◀ 열일곱 시절, 앞날이 얼마나 막막했던지 사진에
　"아...아, 아득한 내일이여?"라는 글을 적었다.
　1951년 12월 30일 사진이다.

맑게 뒤덮였다. 이곳 부산에서 아버지는 지게 짐을 져서 생계를 꾸려 나갔다.

그 당시 나는 열두 살, 국민학교 5학년에 들어갈 나이였다. 하지만 여전히 우리 말도 서툴고 하니 2년을 낮춰 대신동 동신국민학교 3학년으로 전학했다. 학교는 부족한데 학생들이 많아 한 반에 70여 명씩 촘촘하게 들어앉아 공부했는데, 같은 반 급우들은 당연히 나보다 두 살쯤 어렸다. 지금도 잊히지 않는 이름들이 내 짝지였던 윤세경을 비롯해 김일환, 안규학, 또 여학생인 나말임, 김혜순 같은 아이들이다.

5학년 습자시간이었다. 그 시절엔 습자(習字)라고 하여 붓글씨로 한글과 한자를 쓰고 배우는 과목이 있었다. 말하자면 서예 시간이었다.

막 전쟁이 터진 시기라 학교에도 더러 공산주의에 물든 선생님들이 있었는데, 내 담임선생님도 사상 문제로 경찰서에 불려가 있어 다른 반 선생님이 들어와 우리들을 대신 가르치고 있었다.

백두산, 금강산 같은 글자를 쓰려고 막 먹을 갈고 있을 때였다. 학부모 몇 명이 교실 문을 거칠게 열어젖히며 "이우석이 어딨어?" 하고 들어오더니 내 앞에 몰려와 큰소리로 다그쳤다.

"우리 애는 너 때문에 학교도 못 왔는데, 너는 여기 앉아서 공부하고 있냐?"

소리를 지르면서 화가 치미는지 책상 위에 놓인 벼루와 종이를 획 쓸어버렸다. 벼루가 깨지고 먹물이 사방으로 튀면서 교실이 아수라장으로 변했다.

나중에 안 사실이지만, 반 아이들 몇이 학교에 안 가겠다 하니 부모들이 "왜 학교에 안 간다는 거냐" 물으니 "이우석이가 때려서 학교 가기 싫다"며 떼를 쓰더라는 것이었다.

학부모들이 왜 때렸느냐고 다그쳐서 애들이 나더러 일본놈 같다고 하도 놀려대서 그랬다고 대답했다.

귀국해 여러 해가 지났어도 워낙 말을 배울 때부터 일본서 살았으니 그 말투가 쉽게 바뀌지 않았다. 여전히 내가 우리 말이 서투른 데다가 발음까지 일본사람 같으니까 부산서도 놀림을 당했던 것이다. 사실 내가 급우들보다 나이만 두 살 많다 뿐이지 덩치도 크지 않았다.

이렇게 한바탕 소동이 일어나고 나는 교장실로 불려갔다. 교장선생님은 나를 다독이며 차분하게 말씀했다.

"네가 착한 아이라는 걸 잘 안다. 네가 야무지고 성실하니 어디에 가더라도 잘할 거다" 하며 나를 부산사범학교 부속국민학교로 보내주겠다고 하셨다. 이 학교는 공립학교로서 당시 누구나 선망하는 학교였다. 학부모들 반발이 심하니 나를 전학 보내는 편이 낫겠다고 판단하신 것이었다.

그날 하루가 어떻게 지났는지 모르겠다. 학부모들한테 야단맞고 먹물 투성이가 된 몸으로 터벅터벅 집으로 돌아가는데 눈앞이 캄캄했다. 집에 가면 부모님께 뭐라고 말씀드려야 하나? 또, 학교에서 쫓겨나 다른 학교로 전학을 가야 한다고 하면 얼마나 화를 내실까?

우리 부모님은 법 없이 살 만큼 착하시고 마음이 여린 분들이다. 그렇지만 뼈대 있는 집안의 가풍에 대한 자부심이 있어 혹시라도 도리에 어긋난 행실을 하면 불같이 엄하셨다. 특히 어머님이 더욱 그러셨다.

아무리 생각해도 도저히 이대로 집에 들어갈 엄두가 나지 않았다, 걸음을 멈추고 돌아섰다가 되돌아가기를 몇 차례… 끝내 나는 그날 집에 들어가지 않았다.

거리를 맴돈 지 며칠째였다. 부산역 근처의 길가에서 어린 녀석이 서럽게 울고 있으니까 어른 한 분이 다가왔다.

"얘야, 너 왜 여기서 울고 있노? 너그 집이 어디고? 이리 들어와 봐라."

그 아저씨가 불러 들어간 곳이 부산역 앞 장교 숙소였다. 군인들이 수시로 들락날락했다. 나는 거기서 주린 배를 채웠고, 그곳에서 심부름을 하면서 편히 먹고 잘 수 있었다.

그곳에서 얼마나 지냈는지는 뚜렷하지 않다. 얼마 후 장교 숙소에서 나와 국제시장 옆 유리가게로 옮겼다. 그 동네가 부평동이라 가게 이름이 '부평유리점'이었다. 그곳에서도 주인의 일을 돕고 심부름을 하면서 돈은 받지 못해도 밥과 잠자리는 해결할 수 있었다.

이때가 1950년 가을쯤이었다. 전국에서 몰려온 피난민들로 북새통이던 부산에서 나는 학교도 다니지 못하고 사회에 첫발을 내딛게 되었다. 내 나이 불과 열다섯 무렵이었다. 그리고 집을 나온 후 4, 5년이 지나도록 부모님께 연락조차 드리지 않고 그렇게 살았다. 지금 되돌아보아도 어려서 제때 공부하지 못한 것이 제일 아쉽기만 하다. 규슈에서도, 고향에서도. 그리고 부산 어디에서도 나는 학교에 정을 붙일 수 없었다. 그래서 나중에 17년 터울의 동생이 생겼을 때에는 공부만은 제대로 시키려고 서울로 불러와 명문 학교에 보내고 아낌없이 지원해주었다.

부평유리점에서 일하면서 나는 제법 생활이 안정되었다. 나라가 전쟁통이라 혼란스러운 상황인데 밥 굶지 않고 눈비를 피해 잠잘 데가 있으니 다행스러운 일이었다. 또, 근처 가게에는 나처럼 허드렛일하며 숙식을 해결하는 또래 점원들이 있어서 그들과 가깝게 지냈다.

내가 영화계에 발을 들여놓게 된 결정적 계기를 마련해준 김철오와 친해진 것도 그 무렵이었다. 그 친구는 점원으로 있는 것은 아니었고, 동아고등학교에서 축구를 하는 3학년 학생이었다. 유리점 맞은편에 외갓집이 있고 부산고녀(지금의 부산여고)에 다니는 사촌 이혜숙이 살고 있어서 종종 놀러오다 보니 자주 부딪히고 마침 나이도 같아서 우리는 가까워졌다.

그때 유리점 근처에 사진관이 있었는데, 그 집 점원과도 친구로 지냈다. 1951년 한 해를 보내며 그 친구가 찍어준 사진에는 "아…아, 아득한 내일이여?"라는 글귀가 새겨져 있다. 아마, 집을 나와 막막하게 살아가는 심정을 그렇게 적었던 것이 아니었을까 싶다.

한번은 국제시장 길거리에 좌판을 깔고 사주를 봐주는 아주머니한테 점을 본 적이 있었다. '몇 살이고, 가출해 나와 산다, 배운 것도 없는 내가 대체 뭘 해야 먹고 살 수 있겠느냐?' 하는 걸 물었다. 그때 그 점쟁이 아주머니가 날더러 '투기사업'을 해야 한다고 했다. 그게 무어냐고 했더니 저쪽에 있는 '동아극장'을 가리키면서 "저기 저 극장 같은 흥행사업을 투기사업이라고 하는 거다."라고 조근조근 설명해주었다.

나는 그 아주머니가 가리키는 극장을 바라다보았다. 늘 지나치던 거리인데 유난히 극장에 걸려 있는 영화 간판이 커다랗게 보였다.

'과연 내 아득한 미래가 저기에 있는 걸까?'

국제시장 인근 부
평유리점 점원으
로 들어가 숙식을
해결하던 시절.

친구 김철오가 세기상사 직원으로 취직해 부산 동아극장 입회원을 하는 바람에 나도 자연스럽게 입회 보조원으로 일하게 됨으로써 영화와 인연을 맺게 되었다. 내 영화인생에 중요한 역할을 한 이 친구는 훗날 동아수출공사 부산 지사장을 지냈고, 서울로 올라와 생활할 때에도 계속 뒤를 봐주었다. 지금은 고인이 되었지만 현재 부인이 사는 집을 장만할 때에도 마지막으로 부탁한다는 친구의 청을 그대로 다 들어주는 등 이 친구에게 마음을 다하였다.

동아고에 다니던 친구 김철오(오른쪽)가 극장 입회원으로 일하게 되면서 나 역시 극장과 인연을 맺었다.

부평유리점 옆 사
진관 직원이던 친
구(오른쪽)와도
친하게 지냈다.

해양대 친구들 외제물건 팔아
모은 돈으로 영화 수입

친구 윤재한이 동래고를 나와 마침 군산에서 부산으로 이전해온 해양대학교에 입학했고, 이 친구 덕분에 나는 해양대 동기생들과 가깝게 지냈다. 이 친구들이 해외실습선을 타고 나갔다 올 때마다 당시로서는 꽤 귀한 외제물건을 선물로 사왔는데, 내가 이것들을 대신 처분해주면서 모은 돈이 훗날 내가 영화 수입사업에 투자하는 종잣돈이 되었다.

멋쟁이로 차려 입고 해양대 친구들과 어울려 다니던 스물세 살 무렵 부산 부평동에서. 중앙이 본인이고 그 오른쪽이 김철오와 이종생.

해양대 친구들과 함께. 맨 뒷줄 왼쪽 두 번째가 본인이고, 앞줄 중앙이 자유당 당무위원과 국회의원을 지냈던 박만원, 앞줄 맨 왼쪽이 1974년 초대형 금융사기사건으로 유명한 박영복이다. 박영복은 당시 최고급 '파텍 시계'를 우리 부부에게 선물해 지금도 간직하고 있다.

부산 동아극장 직원 야유회에서. 앞줄 맨 오른쪽이 본인이고, 그 왼쪽이 동갑내기였던 정기호 사장이다.
이 극장명이 훗날 동아수출공사라는 회사 이름을 짓게 된 동기가 됐다.

5 영화와의 운명적인 만남

내가 영화와 인연을 맺게 된 데에는 친구 김철오의 역할이 컸다. 물론 그 이전에 동신국민학교 시절 내 짝이었던 윤세경도 내가 영화인의 길을 걷게 하는 데 크게 기여한 인물이다. 그 친구 아버지(윤명혁 사장)가 덕신공사라는 무역오퍼상을 운영했는데, 그분이 외국 영화를 수입하는 일도 하는 바람에 내가 부산 동아극장에 영화수입사측 입회원으로 근무하게 되었던 것이다.

입회원이란, 극장 직원과 함께 표를 받으면서 관객수를 확인하는 영화사 직원이었다. 그 시절엔 극장표도 매표소에서 일일이 수기로 끊는 데다가 좌석도 지정석 제도가 아니라서 관객이 많을 때는 복도에 선 채로 영화를 보기도 하던 때였다. 그래서 정확한 관객수를 세기 위해서는 영화사측의 입회원이 필요했던 것이다. 또 한편으로는 입회원을 하다보면 극장 직원의 묵인 하에 친구들을 무료로 입장시켜주는 요령도 피울 수 있어서 친구들 사이에 인기가 좋았다. 특히 해양대학 9기와 10기 친구들과 가깝게 지내던 터라 주말에 외출을 나오면 그 친구들은 아무 때나 영화를 볼 수 있는 특권을 누렸다.

이때의 해양대학생들과 내가 친구로 지내게 된 데에는 고향 친구인 9기의 김윤희, 부산서 사귄 친구 10기의 윤재한 등이 있어서 자연스레 가깝게 지냈다. 또, 같은 9기 중에는 대구사범을 나온 뒤 다시 해양대학에 들어가 동기들보다 2살 많은 고향 선배 한재희 씨가 있어서 다같이 어울려 다녔다.

그 당시 해양대학은 국립대학 중 하나로서 육군사관학교보다 먼저 특차 시험을 볼 정도로 우수한 학생들이 선호하는 대학이라서 입학 경쟁률도 높았다. 당시는 나라에 산업 기반이 부실했고, 더구나 해외로 진출할 기회도 얻기 힘든 시기라 해양대학을 졸업하면 외항선을 타고 세계 곳곳을 다닐 수 있었기에 외항선원은 선망의 대상이었다.

이들은 3학년부터 직접 배를 타고 해외로 실습을 나갔다 오곤 했는데, 이때 나는 친구들이 선물로 사오는 외제물건들을 맡아서 대신 시장에 되파는 일을 해주면서 차차 큰돈을 만지게 되었다. 내가 이재에 밝았던 건지, 장사 수완이 좋았던 것인지 이 친구들이 사오는 선풍기나 주방용품 같은 것들을 팔아주면서 중간 이문을 남겨 적지 않은 돈을 모을 수가 있었던 것이다.

내가 이렇게 '본업 같은 부업'을 하면서 얼마나 바쁘게 다녔던지 극장에서 자리를 비우는 시간이 많았다. 그랬더니 한번은 김철오가 "우석아, 니는 어딜 그렇게 쏘다니노?" 하고 물으며 궁금해할 정도였다.

이렇게 해양대 친구들과 어울려 다니면서 돈을 벌게 되어 나중에 이것이 외화를 수입하는 종잣돈이 되었던 것이고, 그 영화에 사람이 많이 들자 이른 나이에 목돈을 쥐고 움직일 수 있는 여력이 생겼다.

당시 우리나라에서는 양복 원단 하나 만들지 못하던 때라서 외제 양복감으로 옷을 맞춰 멋지게 차려입고 다니면 멋쟁이로 통하던 시절이었다. 나도 영국산 기지로 양복을 맞춰 입고 해양대 친구들과 어울리며 부산에서 유명한 취미다방 같은 데를 들락거리면서 시내 거리를 활보하고 다녔다.

내가 해양대 친구들하고 얼마나 몰려다녔던지 나보다 두 살 위인 한재희 선배 역시 나를 보고는 "니는 해양대학에 다니지 않는데도 와 나보다 친구들이 더 많노?"라며 놀라워할 정도였다. 당시 친구들 중에는 훗날 자유당 국회의원과 당무위원을 지낸 박만원 씨, 또 희대의 금융사기 사건으로 세상을 떠들썩하게 했던 박영복 씨 등이 있었다. 또, 훗날 선배 한재희 씨는 해양대 총동창회 회장까지 지내기도 했다. 당시에 박영복은 스위스 파텍 손목시계가 처음 나왔을 때 우리 부부한테 백금 줄로 된 시계를 선물할 만큼 가까웠는데, 나는 아직도 그 시계를 간직하고 있다.

또한 60여 년이 지난 지금까지도 교유하고 있는 부산 친구로는 부산 해동고 동창인 최해규 회장, 고성대 회장과 박명하 사장이 있다. 충북 영동 출신의 박명하가 6.25 때 부산으로 피난

박영복이 우리 부부에게 선물한 스위스산 최고급 파텍 시계.

을 내려와 부평파출소 옆에 살면서 나와 친구가 되어 그의 동창 최해규, 고성대와 해동고 2학년 때부터 사귀었고, 그 인연이 계속 이어져 지금까지도 자주 만나고 있다.

6

세 번째 배가
못 뜬다면

동신국민학교 습자시간 소동 이후로 집을 나온 지 4, 5년이 흘렀을 때였다. 어느 날 그동안 한 번도 연락하지 않았던 북산리 집을 찾아갈 결심을 했다. 그때의 나는 부모님한테 불호령이 떨어질까봐 두려워 가슴 졸이던 코흘리개가 아니라 어느새 어엿한 스무 살 즈음의 청년이 되어 있었다. 부평유리점 점원을 거쳐 동아극장 입회원 보조를 하면서 스스로 용돈을 벌며 사회생활에 적응해가고 있었으니 나름대로는 철이 들었다고나 할까 의젓한 청년으로 성장해 있었다. 부모님과 연락을 끊고 지내는 동안 어머님 생각에 간간이 걱정할 때도 있었으나 그제서야 집에 돌아갈 생각을 하였던 것이다.

북산리 언덕길을 오르는 동안, 또 집 앞에 서서 몇 번을 망설이다가 문을 열고 들어가 어머니를 불렀다.

"어머이, 저 우석입니데이."

전혀 행방을 모르던 외아들이 불쑥 나타나니 어머니가 놀라 방문을 열고 나오셨다. 그리고 내 행색을 한번 훑어보고는 화를 내거나 눈물을 보이지도 않으시고 담담하게 나를 맞아주셨다.

"어데 있었노?"

이 말 한마디로 어머니는 그동안의 마음고생을 한순간에 떨쳐내셨다. 어둑한 방안에서 어머니 얼굴에 화색이 도는 모습을 보니 오히려 내 눈가에 눈물이 고였다.

5년이란 그리 짧은 세월도 아니어서 자식 걱정에 마음고생이 많으셨을 텐데도 말쑥한 차림에 건강한 모습을 보니 그간의 시름이 단번에 날아가버렸나 보았다.

그날 이후 나는 바깥생활을 끝내고 집으로 돌아왔다. 비록 허름한 판잣집이라도 내 방도 있었다. 어머니 마음은 내 어렸을 때나 성인이 되어서나 그대로였다.

가난이 일상이던 궁핍한 살림에도 내 와이셔츠와 양복, 손수건 하나까지도 구김살 하나 없이 깔끔하게 손질해 외출할 준비를 해주셨다. 요즘처럼 세탁기가 있던 시절도 아니었고, 멀리 우물에서 물을 길어다 빨래하고 인두를 달궈 다림질하던 시절 이야기니 얼마나 고생스러웠을까. 당시엔 좀 산다 하는 집 아들도 와이셔츠 한 벌을 며칠씩 입고 다니던 시절이었으니 말이다.

그렇게 어머니가 지극정성으로 채비해주는 대로 흰 와이셔츠 차림에 넥타이를 매고 외출하면 남부럽지 않은 신사였다. 내 행색을 보면 절대 판잣집에 사는 사람으로 보이지 않았을 정도였다. 지금 돌이켜보면 내가 이렇게 성공한 것은 어머니의 사랑과 응원 덕분이었다는 생각이다.

그런데 철부지 시절 집을 나가 어머니 속을 썩인 것도 모자라 청년이 돼서도 또다시 어머니 마음을 아프게 한 일이 있었다. 그것은 친구 둘과 함께 비밀리에 추진했던 일본 밀항 시도였다.

아마도 규슈에서의 나쁜 추억들이 나의 뇌리에 깊은 상처로 남아 있었던가 보았다. 세월이 흘렀음에도 그 당시 일본놈들한테 코가 부러질 정도로 집단폭행을 당하고 매일같이 핍박받았던 일들을 잊을 수 없었던 것이었다. 어떻게든 일본으로 건너가 그놈들을 찾아내 복수하고 말겠다는 젊은 혈기가 밀항 계획을 세우게 했던 것이다.

어머니한테 밀항 계획까지 숨길 수 없어 솔직히 털어놓자 어머니는 "아들이라고 너 하나뿐인데 장가 가서 대를 이을 생각을 해야지 가긴 어딜 가느냐"며 사정하다시피 말리셨다. 만류하는 어머니 앞에서는 가겠다, 안 가겠다 대답하진 않았어도 한번 결심한 일을 흐지부지 포기할 성격이 아니었다. 게다가 젊은 혈기가 하늘을 찌를 나이였으니 누구도 내 고집을 꺾을 수 없었다.

당시는 일본에 합법적으로 가는 게 쉽지 않았다. 여권이나 비자 받는 일이 하늘의 별따기와 같았다. 또, 우리나라가 전후 혼란기에 먹고 살기가 어렵다 보니까 밀수나 돈벌이를 하러 일본에 가려는 사람들이 많아 입국심사가 까다로웠다. 그러다보니 자연히 밀항자들이 급증했고 부산과 충무, 여수 등지에는 그 일을 알선하는 브로커들이 적지 않았다. 우리도 그런 브로커를 찾아 비밀리에 밀항 날짜를 잡았다.

그러나 우리가 약속한 날짜에 해안가로 나가보니 배가 나타나지 않았다. 일기예보가 지금처럼 정확하지 않던 때라 예보와 달리 날씨가 좋지 않아 출항할 수가 없다는 것이었다. 하긴 밀항선이 통통배 수준의 작은 선박이라 기상이 나쁘면 운항할 수가 없었다.

다음 약속날짜를 잡고 집에 돌아오니 어머니는 왜 일본에 가려고 하느냐며 제발 그만두라고 사정사정하며 말리셨다. 허나 나는 어머니의 만류에도 아랑곳하지 않고 약속날짜에 맞춰 저녁 늦게 다시 해안가로 나갔다. 그런데 두 번째 날에도 파도가 높고 날씨가 나빠 배가 뜨지 못했다. 하는 수 없이 돌아서서 집으로 돌아오니 어머니가 눈물로 나를 설득하셨다. 제발 부질없는 짓 하지 말고 부산서 같이 살자고…. 어머니가 그렇게 슬피 우시는 모습은 난생처음이었

부산 바닷가에서 옛 친구들. 청년 시절 일본 밀항 계획을 세웠던 생각이 떠오르는 사진이다.

다. 그래서 눈물로 붙잡는 어머니와 약속을 했다. 마지막으로 세 번째 배가 뜨지 못하면 밀항을 포기하겠다고.

얼마 후 브로커와 약속한 세 번째 날이 다가왔다. 그런데 공교롭게도 그날 역시 날씨가 궂은데다가 파도가 높아 도저히 갈 수 없다는 것이었다. 밀항 계획이 세 번 연달아 무산되니 이것은 밀항하지 말라는 뜻인가 보다 하고 나는 단념했다. 그래도 아쉬운 마음이 남아 힘없이 집으로 돌아오니 어머니가 내 손을 부여잡고는 "잘됐데이, 그거 잘됐데이" 하면서 한시름을 놓으시는 것이었다.

이렇게 나를 괴롭혔던 일본녀석들을 찾아 복수하겠다는 결의는 밀항선이 세 차례나 뜨지 못하는 바람에 물거품이 되고 말았다. 나는 친구들에게 어머니와의 약속도 있으니 나중에 따라가겠다 하고 남았고, 두 친구는 네 번째 배를 타고 부산을 떠났다.

그리고 한동안 일본 생각을 잊고 지냈는데, 달포쯤 지나 일본 오사카에서 편지 한 통이 왔다. 두 친구가 무사히 도착했다고 알려온 것이었다. 그 작은 배로 캄캄한 밤중에 거친 바다를 건너 무사히 입국했다니 부러운 생각도 들고 괜히 마음이 흔들렸다.

그러나 그렇게 두어 번 편지가 오더니 한동안 연락이 끊겼다. 나도 그 친구들을 잊은 채 바쁘게 지내고 있었다. 그러던 중 다시 편지를 받았는데, 둘 다 불법 입국자로 잡혀 나가사키의 오무라(大村) 외국인수용소에 수감돼 있다는 소식이었다.

만약 네 번째 배를 타고 그 친구들과 같이 갔더라면 나도 그들과 똑같이 수용소 생활을 하고 있을 게 뻔했다. 그 소식을 듣고 나서야 나는 밀항하려던 생각을 깨끗이 지워버렸다.

가만히 생각해보면 그때 일본에 가지 않은 것은 내 인생에 중요한 고비 가운데 하나였다. 친구들처럼 밀항자로 붙잡히지 않았다손 치더라도 그 이후로 내 인생이 어디로 흘러갔을지 모를 일이었다. 결국 내가 밀항을 포기한 데는 어머니의 사랑이 한몫했던 것이었다.

일본행을 포기한 대신 나는 서울로 올라갔다. 당시는 6.25전쟁이 휴전된 지 얼마 되지 않아 도강증이 없으면 한강을 건너 시내로 들어갈 수 없었다. 노량진에서 한강다리를 건너려는데 총을 든 헌병들이 길을 막고 서 있었다. 그때 들은 얘기로 헌병 주머니에 5천 환을 찔러주면 도강증 없이도 다리를 건널 수 있다고 하여 나도 그 방법으로 다리를 건너 난생처음 서울에 발을 내디뎠다.

그리고 을지로5가 방산시장 초입에 있는 최재덕 씨 집에 하숙을 들었다. 최재덕 씨는 나중에 4선 국회의원을 지낸 경남 고성 출신의 최재구 씨와 사촌간이었다. 나는 방산국민학교에 다니는 그 집 아들(최신석)과 같은 방을 쓰며 심부름도 하면서 숙식했다. 훗날 그 아들은 사법고시에 합격, 검사가 되었고 검사장까지 지냈다.

그렇게 얼마간 서울 생활을 하다가 뚜렷한 일자리를 찾지 못하게 되자 다시 부산으로 내려갔다. 역시 부산에는 친구들이 많아 무언가 활기를 느낄 수 있었다. 이 친구 저 친구 만나다 보니 생면부지의 낯선 서울보다는 뭔가 희망적인 일이 생길 것만 같았다.

그러던 어느날 동신국민학교 5학년 때 내 짝지였던 윤세경을 만났다. 그 친구 아버지(윤명혁 사장)는 경상남도 도청에서 과장까지 지내다 퇴직한 분으로서 덕신공사라는 무역회사를 운영하고 있었다.

그때 친구가 "우석아, 니 괜한 고생하지 말고 우리 아버지 회사에서 심부름이나 해라" 하며 아버지에게 나를 소개해주었다. 마침 그 회사가 수입하는 품목 중에는 외국 영화도 있어서 회사 일을 보면서 종종 극장 입회원으로도 나갔다. 또다시 내가 영화와 인연을 맺게 되었고, 얼마 후 덕신공사 본사가 있는 서울로 올라간 것이 1958년이었다. 당시 본사는 을지로2가 을지극장 내에 있었다.

두 번째 상경할 즈음 나는 부산서 아내(황순희)와 결혼해 가정을 꾸리고 있었다. 당시 사회가 불안정했고 나 역시 한창 밥벌이에 정신이 없던 시기라서 결혼식도 올리지 못했다. 학벌이나

우리 부부가 막 상
경했을 무렵 시내
가 내려다보이는
남산에서.

직장이나 무엇 하나 번듯하지 못한 형편이었는데, 나 하나만을 믿고 결혼식도 없이 살아준 아내에게 늘 고맙고 미안할 뿐이다. 이 점이 두고두고 아쉽고 마음에 걸렸는데 그나마 내가 성공해 남부럽지 않게 살면서 그때 진 마음의 빚을 조금이나마 갚지 않았는가 싶은 생각도 든다.

이야기를 잠시 뒤로 돌리면, 나의 밀항 해프닝이 있고 나서 얼마 후 뒤늦게 내 아래로 남동생이 태어났는데, 또 그로부터 몇 해 지나지 않아 1965년 어머니께서 갑자기 돌아가셨다.

그때 나는 서울서 지내고 있을 때였다. 어머니가 빨래 방망이질을 하다 혈압으로 쓰러졌는데 위급하다는 연락을 받았다. 급작스러운 비보에 당황하면서도 서둘러 내려갈 방도를 궁리했다. 당시 가장 빠른 교통편이 기차였는데, 서울서 부산까지 15시간이나 걸리던 시절이었다. 그러니 기차로 가면 너무 지체될 것 같아 당시 영화 선전용 전단지를 뿌릴 때 이용하던 헬리콥터를 빌려 타고 내려가기로 했다. 당황한 가운데 어떻게 그런 판단을 내렸는지 지금 생각해도 놀라운 일이다. 집에서는 내가 이렇게 빨리 내려올 줄 모르고 있다가 "어떻게 내려왔느냐?"며 다들 놀라워했다. 그리하여 장남으로서 어머니를 임종할 수 있었고, 북산리 산소에 모셨다가 지금은 고향 봉정동 뒷산에 조성한 가족묘지로 이장했다.

나는 17살 터울의 남동생을 끔찍하게 챙겼다. 어머니께서 늦게 본 막둥이이기도 하지만 동생이 어머니 대신이라는 생각이 들어서 더욱 그랬다. 그래서 서울로 데려다 국민학교서부터 대학을 마칠 때까지 항시 내 곁에 두고 공부를 시켰다. 국민학교도 당시 시내서 명문으로 이름나 있던 덕수국민학교를 보냈고, 이어서 경복중학교로 보내려 했으나 낙방해 사립인 양정중고등학교로 진학시켰다. 이후 경희대학교를 졸업한 뒤 동아수출공사에 들어와 상무까지 지내며 작가와 감독, 스태프 등의 카운터파트너로서 영화 기획, 제작, 홍보와 관련한 제반 업무를 도맡아주었다. 친화력이 있고 매사를 빈틈없이 처리해 감독과 배우, 스태프들에게서 늘 좋은 소리를 들었고, 그들은 나보다도 이권석 상무와 더 친밀하게 지냈다. 특히 권석이는 영화기획자로서 능력이 탁월해 동아수출공사가 우뚝 서는 데 크게 기여했다. 다만 아쉽게도 결혼해 가정을 갖지도 못하고 일만 하다가 한창나이에 세상을 떠나 가슴 아프게 생각하는 동생이다.

어머니가 세상을 뜨고 나서 계모가 들어와 여동생 둘을 보셨는데, 아무리 계모라 해도 내가 살던 서울 우면동 집(2호) 옆에 집(3호)을 하나 더 장만하여 아버지와 함께 잘 모셨다. 이렇게 나름대로 부모님에게 효를 다하였지만 나를 낳아 기르고 바른 길을 가도록 보살펴주신 어머니한테는 살아생전 성공한 모습을 보여드리지 못한 것이 두고두고 안타깝고 아쉬울 뿐이다.

고향 산천 뒤로 하고 다시
낯설고 물선 부산으로

강제징용 광부로 일해 모아온 돈을 한순간의 실수로 날려버리고 빈손이 되자 아버지는 지게라도 져서 살아보겠다며 다시 짐을 꾸려 우리 세 식구는 부산 대신동 붕산리로 이주했다.

구덕공설운동장

전차종점

동신국민학교

부산형무소

부산여고

우리집은 동신 국민학교 위쪽에 있었다.(사진·부산시)

한개마을 고향사람들. 앞줄 왼쪽 두 번째가 이화여대 재학중이던 송혜옥(김석규 전 주일대사 부인) 씨, 그 왼쪽은 이화여대 동창 고향 친구인 이수연(이원영 전 스페인대사 친누이) 씨, 오른쪽 네 번째가 제일은행 상무를 지낸 형님이고, 그 왼쪽이 본인이다.

한개마을 일가친척들의 서울 모임에서. 뒷줄 중앙이 김석규 대사 부인이고, 앞줄 왼쪽 두 번째가 내 아내다.

덕수궁 석조전 앞에서.

중구경찰서 아래 쌍용빌딩 사거리
에 사무실이 있던 당시의 아내와
아들(호성).

아들이 리라국민학교에 다닐 당시의 우리 식구들.

고향집에 모인 우리 사남매들. 앞줄 맨 왼쪽이 사촌형(이천석) 내외, 아버님과 본인.

아버지와 새어머니, 그리고
우리 가족들.

고향집에서 연 아버님 회갑연에서. 내 오른쪽이 동생 이권석이다.

할아버지에게 드릴 꽃다발을 들고 있는 두 딸.

아버님 회갑연에 참석한 직원들. 뒷줄 왼쪽부터 최오석, 한 사람 건너 김철오, 맨 오른쪽이 박명하와 이 상무.
앞줄 맨 오른쪽이 처남. 그 옆이 이권석.

맨 오른쪽이 새어머님, 뒷줄 왼쪽이 아버님, 오른쪽이 큰아버님, 그 앞이 내 아내, 학생이 동생(이권석), 그 앞이 아들(호성), 맨 왼쪽이 여동생(정희)이다.

동생 이권석의 경희대학교 졸업식에서. 부모님과 우리 부부.

아들(호성)의 리라초
등학교 졸업식에서. 총
학생회장을 했다.

서울 우면동 시절의 우리 가족들.

가족을 위해 크게 희생하신 아버님 소원이 과수원이라서 고향에 700평 규모의 사과밭을 사드렸다.

온 가족이 과수원에서.

1965년 갑자기 돌아가신 어머님을
북산리에 모셨다. 동생(권석)과 아들
(호성)을 데리고 성묘하면서.

아내와 아들이
성묘하던 모습.

시대의 아픔을 고스란히 안고 사신 아버님이 1988년 고향에서 별세했다.

고향집 뒷산에 가족묘지를 조성해
선대 조상님부터 부산시 서구 북산리에
있던 어머님 산소를 여기로 모셔왔다.

고향 뒷산에 조성한 가족묘지 전경. 2021년 사진이다.

星山李氏正言公派(中通)
鶴谷宗中家族墓園

부산에서 모인 동신국민학교 동창 친구들. 졸업한 지 근 70년 만에 다들 팔십 노객이 되어 다시 만났다.

내 오른쪽이 김양률, 왼쪽은 자주
만나는 김일환(2021년 작고),
맨 왼쪽이 김시열이다.

Part 2

영화에 울고, 영화에 웃으며

음악영화 〈물망초〉 첫 수입, 성공적 데뷔

"이번에 영화 하나 수입하는데 투자 안해볼래?" 덕신공사 윤명혁 사장의 이 한마디로 나는 본격적으로 영화계에 뛰어들게 되었다.

영화필름이 들어오고 광화문 아카데미극장에서 개봉했으나 극장은 연일 썰렁했다. 일요일 오후, 초조한 마음으로 나가보니 극장에 빈자리가 없을 만큼 관객들이 꽉 들어차 있었다. 내 화려한 영화계 데뷔가 시작되는 순간이었다.

1961년 6월 개봉한 독일(당시 서독)과 이탈리아 합작영화 〈물망초〉. 유럽과 미국에서 성공한 영화였기에 자신있게 투자해 대성공을 거두었다. (사진·한국영상자료원)

덕신공사 부산지사에서 영화 배급 업무를 하던 시절. 오른쪽부터 친구 박명하, 북성극장 영업부장 김태환, 부산 동양영화사 김명수 지사장, 맨 왼쪽이 본인이다.

신문에 실린 〈물망초〉 영화평. 서울에서 무려 관객 12만 명을 기록할 정도로 인기가 높았다.

1967년 동아수출공사 창립, 한국 영화의 해외진출

1967년 1월 24일, 나는 서울 명동에 동아수출공사를 세우고 영화사업에 뛰어들었다. 이듬해 정소영 감독의 〈미워도 다시 한번〉을 대만에 수출, 흥행에 성공했다. 근래 들어 K-팝이니 K-드라마니 하여 한류가 세계로 통하고 있지만 1960년대의 대한민국은 어디 있는 나라인지 모를 정도로 존재감이 없었다. 나는 우리 영화를 아시아로 수출한다는 획기적인 발상으로 해외시장을 개척했다. 그리고 영화 수출로 얻은 외화 수입쿼터로 흥행작을 수입하는 새로운 비즈니스를 시작했다.

동아수출공사 초창기 사무실에서.

창립 초기의 회사 심볼마크(위쪽)와 현재의 심볼마크.

영화 수출입을 전담한 최오석 전무(훗날 고문까지 역임). 동아수출공사는 화교 왕사성 씨를 비롯해 명문대 경제학과
출신의 임정순 씨를 발탁해 인재들을 포진시켰다.

최오석 전무는 초창기
고생을 함께하며 회사 발전에
큰 도움을 준 인물이다.

대만 출신의 화교 왕사성(맨 왼쪽) 씨가
통역까지 맡아 중화권 영화인들과의
교류에 도움을 주었다.
그 옆은 협회 상무를 보던
영화제작자 송재홍 씨.

1960년대 외국 영화는 일본을 거쳐 들어왔다.
재일교포 이현수 사장의 불이무역이 주요
수입선이었다. 사진은 도쿄 긴자의 회사 앞에서.

당시 문화부 기자와 같이.

영화인 행사에서. 앞줄 맨 오른쪽이 세경흥업 김화식 사장. 왼쪽 두 번째가 대영흥행 김인동 사장.

김화식 세경흥업 사장의 부군(가네코)이
운영하는 일본 영화사 직원과 함께.

당시 최고의 영화사인
예술영화사 박원석 사장과 함께
일본 출장중에.

일본 출장을 자주 다니던 시절,
김포공항에서 아내와 아들(호성),
동생 이권석.

〈미워도 다시 한번〉
첫 대만 수출, 동남아서 흥행 성공

영화필름 시절, 종영된 영화는 폐필름으로 버려져 밀짚모자 테두리 장식으로 쓰였다. 그 영화를 해외로 수출하겠다는 발상은 획기적이었다. 우리나라 수출품이라고는 고작 가발 정도에다 파독 간호사와 광부들이 달러를 벌어오던 1960년대에 우리 영화를 대만, 홍콩, 필리핀 등지에 수출을 시작했고, 그 대가로 얻은 외화 수입 쿼터로 흥행작을 수입해 큰돈을 벌 수 있었다.

정소영 감독의 〈미워도 다시 한번〉 포스터. 1968년 대만에 수출했다. (사진·한국영상자료원)

대만 바이어들이 방한해 정진우 감독의 촬영 현장을 찾았다. 한복 입은 분이 정 감독 부인, 그 오른쪽이 배우 문희 씨.

대만 바이어들과 배우 문희 주연의 촬영장에서.
맨 왼쪽은 영화사 안재천 씨.

〈미워도 다시 한번〉을 수입해 성공한 대만의 고인하 사장(중앙).

고인하 사장 회고록에도 나와의
관계가 기록되어 있다.

타이페이에서 고인하 사장과 함께.
그와의 인연은 지금까지 이어지고 있다.

1964년 대만 아시아영화제에 한국 대표단 일원으로 참석했다. 이 사진은 1971년 영화제 때 주중화민국 대사관에서
김계원(중앙) 대사, 영화배우와 영화 관계자들의 기념사진. 맨 왼쪽이 본인이다.

한국 대표단 일행이던 영화배우 고은아,
안인숙, 윤미라(오른쪽부터).

대만 아시아영화제에서 극동흥업(차태진)의 〈김약국의 딸들〉이 최우수 비극상을 받았다. 차태진 사장을 대신해서
받은 트로피를 뒤늦게 부인(문금순 씨)에게 전달했다. 오른쪽은 한영수 전 문화공보부 기획관리실장.

최우수 비극상을 수상한 박경리 원작,
유현목 감독의 〈김약국의 딸들〉.
(사진·한국영상자료원)

한국 영화의 거장으로 평가받는
유현목 감독.

사단법인 한국영화인복지재단을 창립한
김지미 초대이사장과 현 정진우
이사장(중앙). 지난해 코로나19로 송년회가 무산돼
나는 영화인 25명에게 가족들 식사비로
금일봉을 보내드렸다.

블록버스터급 영화 〈공군대전략〉 참패, 신용·정직으로 재기

영국과 미국 흥행에 성공한 대작 〈공군대전략〉을 1969년 야심차게 수입했으나 우리나라에선 서울부터 참패했다. 입장료 선수금도 해결하지 못해 다음 상영지인 부산에 필름을 보내지도 못할 지경에 이르렀다.

그 절박한 상황에서 피카디리극장 사장은 "자넨 절대 거짓말할 놈이 아니다"며 필름을 내주었고, 나는 급히 헬리콥터를 타고 부산 동아극장으로 내려갔다. 결국 영화는 망했지만 나는 신용과 정직의 힘으로 일어나 재기할 수 있었다.

흥행 실패로 크게 피해를
보았던 영화 〈공군대전략〉.
(사진·한국영상자료원)

안화영 상무(맨 왼쪽)는 배우 안성기 씨의 부친이다.

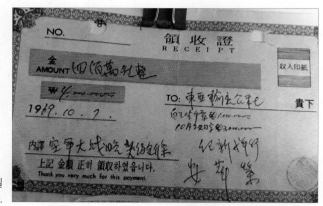

1969년 당시 세경영화사 안화영 상무의 친필
서명이 있는 〈공군대전략〉 계약금 영수증.

외국 바이어들과 함께 〈꼬마신랑〉 촬영장에서.

주인공 김정훈은 대만과 동남아에서
인기가 높았다.

문희, 김정훈, 주증녀, 허장강 주연, 이규웅 감독의
1970년작 〈꼬마신랑〉. (사진·한국영상자료원)

1971년 제10회 대종상영화제에서
수출대상 수상. 영화 수출 공로를
기리기 위해 신설된 상으로 이 상을
받은 영화인은 본인이 유일하다.

1974년 국제영화예술상 최우수
방화수출상 수상.

우수외화 수입상 수상.

마약퇴치 홍보용 기록영화를 제작, 기증한 공로로 유흥수 치안본부장(지금의 경찰청장)에게서 감사패를 받았다.

1970년대에는 영화예술인들이
정부의 공공행사나 군부대 위문행사에
자주 참여해야 했다.
맨 왼쪽이 곽정환 사장,
맨 뒷줄 중앙이 한갑진 사장.

1 이태리 영화 〈물망초〉 첫 수입, 흥행에 성공

서울 을지로2가 을지극장 내에 있는 덕신공사 본사에서 근무하면서 나는 영화와 좀더 가까워지게 되었다. 본래 내 업무는 아니었으나 마침 무역담당 직원들이 외국 영화를 수입하고 배급하는 과정을 유심히 들여다볼 기회가 있었다. 그때 수입한 영화가 푸치니 오페라를 소재로 한 프랑스 영화 〈마농 레스코〉였다.

어느 날 윤명혁 사장이 나를 부르더니 "우석아, 이번에 영화 하나 수입하는데 니 투자 좀 해볼래?" 하고 제안하는 것이었다. 아들의 친구라 늘 격의 없이 이름을 부르곤 했다.

"아이구, 제가 무슨 돈이 있겠습니꺼?"

"무슨 소리 하나? 니는 성실하고 허투루 돈을 쓰지 않으니까 좀 있을 건데?"

평소 아들로부터 나에 대한 얘기도 여러 번 들었을 테고 나의 행실을 오랫동안 보아온 터라 선뜻 투자를 제의한 것이었다. 좋은 기회니까 같이 투자해보자는 말씀에 내 마음이 움직였다. 아마도 작은 회사라 수입 자금이 부족해 투자자가 필요했을 수도 있었다. 때마침 내 수중에는 해양대 친구들이 외국서 돌아올 때 가져온 외제물품들을 팔아주면서 모은 돈이 있었기에 투자할 여력이 있었다.

그 수입 영화가 1959년 이태리와 독일(당시는 서독) 합작의 음악영화 〈물망초〉였다. 이 영화는 이미 유럽과 미국에서 성공이 입증된 작품이기에 덕신공사에서 자신있게 수입한 영화였다. 개봉관은 서울 아카데미극장이었다. 광화문 조선일보와 코리아나호텔 근처에 있던 이 극장은 조선일보사 사주가 운영하고 있었다.

당시는 영화를 한 극장에서만 상영하는 단관 개봉 시절이었다. 1961년 6월 15일 첫회 상영이 있었다. 외국서 성공한 작품인데도 관객이 들지 않았다. 며칠 동안 불과 백 명이 넘지 않았다. 상영 후 첫 번째 일요일을 맞았다. 저녁 무렵 초조한 마음으로 극장에 갔더니 빈자리가 없을 정도로 객석이 꽉 차 있었다. 입회원에게 물어보니 아침부터 관객들이 몰려와 계속 빈자리가 없다고 했다.

당시에는 홍보 수단이란 것이 신문광고나 포스터 정도였고, 관객들의 입소문을 타야 비로소 사람들이 움직이던 시대였다. 우리가 너무 서둘러 개봉하는 바람에 언론에 소개되고 입소문이 나는 데 시간이 좀 걸렸던 것이었다.

극장 안에서는 남자 주인공이 부르는 '나를 잊지 말아요' 노래에 여기저기서 흐느끼는 울음소리가 들렸다. 할리우드 영화는 아니었지만 우리 국민들이 좋아하는 사랑 이야기였고, 안타깝고 애절한 만남과 이별에 가슴 졸이다가 끝내 사랑하는 사람과 이별함으로써 관객들 감정선을 건드리는 흥행 요소가 있었다.

〈물망초〉는 대성공이었다. 개봉 후 한 달도 안돼 무려 12만 명의 관객이 들었다. 영화음악이 담긴 레코드가 불티나게 팔렸고, 나중에 남자 주인공 역의 이탈리아의 테너 페루치오 탈리아비니가 내한공연을 했을 정도였다. 이 영화는 1973년 재수입해서도 또 한번 히트를 쳤다.

첫 영화 수입으로 나는 큰돈을 벌었고, 이로써 나는 영화업계에 화려하게 첫발을 내딛을 수 있었다.

1960년대 서울 중구 태평로 조선일보사 옆에 있던 아카데미극장 모습.(국가기록원 자료)

2

한국영화 수출
가능성에 눈뜨다

영화 〈물망초〉 성공 이후 나는 몇 개의 영화사에 영업담당 간부로 적을 두고 실무를 익혀 나갔다.

1964년, 대만(자유중국)에서 제11회 아시아영화제가 열렸다. 당시 우리나라에서는 공산화된 중공(지금의 중국)과 구별하여 대만을 자유중국이라고 불렀다. 나는 한국영화 대표단 일원으로서 이 영화제에 참가하게 되었다.

당시에는 우리나라 국민이 해외에 나갈 기회가 거의 없었을 뿐더러, 설령 나간다 하더라도 여권 내기가 힘들던 시절이었다. 그것도 3개월짜리 단수여권이었다. 그러나 국제영화제 참가라는 대의명분이 있어서 모든 수속이 순조로운 편이었다. 나는 이때 처음으로 여권을 만들었다.

대표단이 먼저 출국하고 나는 며칠 뒤 출발하기로 되어 있었는데, 먼저 출국한 영화제작자협회에서 부탁이 왔다. 대표단으로 먼저 간 신상옥 감독이 선물꾸러미를 두고 왔다며 내가 올 때 그걸 챙겨달라는 것이었다.

신상옥 감독은 이 대만 영화제에서 〈빨간 마후라〉로 감독상을 받았고, 배우 신영균 씨가 남우주연상을 수상하는 쾌거를 거두었다. 이후 대만은 물론 아시아 전역에서 〈빨간 마후라〉의 인기가 하늘을 찔렀다.

우리 영화가 해외 영화제에서 상을 받았다는 사실이 마치 내 일인 양 기뻤고 자랑스러웠다.

나에게는 이번이 첫 번째 해외 방문이었고, 최초의 아시아영화제 참가였는데 이를 통해 더 넓은 세상에 눈을 뜨게 됐다.

당시 우리나라 영화계는 우물 안 개구리와 같았다. '외화' 즉 수입영화가 우리 영화시장의 대부분을 차지했다. 또한 우리 영화를 '방화(邦畵)'라고 낮춰 부르며 스스로 홀대하는 실정이었다. 그러니 관객들조차 우리 영화에 대한 기대감이 적었고, 어쩌다 화제작 한 편이 나오는 정도였다. 국내 사정이 이러니 우리 영화를 해외에 수출하려는 시도는 찾아볼 수가 없었다.

나는 대만에 다녀오면서 우리 영화에 대한 인식 전환이 필요하다고 생각했다. 왜 누구도 한국영화를 수출할 생각은 하지 않을까? 이 물음에 대한 답을 찾아야겠다고 마음먹었다.

제일영화주식회사(홍성칠 사장) 영업상무라는 직함으로 활동하고 있을 때였다. 하루는 신문 1면에 '수출'이란 글자가 대문짝만하게 찍혀 있는 것이 눈에 들어왔다. 순간 내 눈이 번쩍 뜨였다. 5.16 이후 박정희 대통령은 가난을 떨쳐내기 위해 모든 수단과 방법을 동원해서라도 수출입국을 이룩해야 한다고 강조했다. 당시 우리의 주요 수출품이라 해봐야 가발용 머리카락이나 신발 정도였는데, 수출할 자원이 없자 독일에 광부와 간호사를 보내 달러를 벌어들였다.

이런 시국에 왜 영화는 수출하지 못할까? 일이 한번 추진되고 나면 별것 아니지만 누구도 첫 번째 팽귄이 될 생각은 하지 못하는 것이 현실이다.

당시 영화를 담당하고 있던 문화공보부에서도 수출주도정책에 발맞춰 영화수출 장려정책을 준비하고 있었다. 영화를 수출한 회사에는 한 편당 외화 수입쿼터를 하나씩 주는 획기적인 정책이었다.

다만 조건이 있다면, 수출가격이 미화 5천 달러 이상이고, 그 영화가 상대국에서 50일 이상 상영되었다는 대사관 증명확인서를 첨부해야 했다. 그런데 우리나라에는 수출 경험이 있는 영화사가 없었고, 최소 상영일수를 충족하는 것도 불가능해 보였다. 다른 영화도 많은데 굳이 한국 영화를 수입할 나라가 어디 있겠는가, 지레 포기하고 있었던 것이다.

당시 영화업계에서 외화 수입쿼터는 생명줄이나 다름없었다. 영화시장 대부분을 외국영화가 점유하고 있기 때문에 수입쿼터를 확보하기 위해 마지못해 우리 영화를 제작하는 경우가 많았다. 또는 영화를 직접 제작하지 않고 하도급을 줘서 대명(代名) 제작 하는 경우도 적지 않았다. 짧은 기간에 적은 예산으로 영화를 만들어 외화 수입쿼터를 받을 수 있는 제작편수를 채우려는 관행이 공공연했다. 이 과정에서 영화인들 사이에 알력과 갈등이 빚어져 크고 작은 송사로 이어지는 경우도 있었다. 이런 관행 때문에 수준 낮은 영화가 양산됐고, 관객들은 점점 더 우리 영화에서 멀어져갔다.

그러나 동아수출공사가 만든 영화 85편에는 대명 제작한 영화가 단 한 편도 없다. 오로지 내가 만든 영화에만 '동아수출공사' 이름을 거는 원칙을 지켰다.

또, 감독과 작가에게 제작비를 깎거나 줄이는 일도 하지 않았다. 작품 제작을 결정하는 데는 최종 결재권자였지만 일단 계약을 하고 감독이 예산을 제시하면 원안대로 승인해 지출하도록 했다.

또 나는 영화사 사장으로서 촬영 현장에 얼굴을 내밀지 않는 사람으로도 유명했다. 혹시라도 감독의 영역과 재량권에 누가 될까봐 한번 맡긴 영화는 전적으로 감독의 몫으로 맡겼다. 감독이 필요하다고 하면 사소한 소품 하나까지 '노'라고 한 적이 없고, 제작 현장에 나가보지도 않기에 영화인들 사이에서 나를 '충무로 신사'라고 불렀다.

3   동아수출공사 창립,
'일본 뛰어넘는 영화 만들겠다'

우리 영화의 국제경쟁력이 약한 것은 객관적으로 부인할 수 없는 사실이었다. 할리우드 영화는 우리가 따라잡기 힘든 높고 높은 벽이었다. 인적 자원이나 인프라는 물론이고 자본이나 시장규모 면에서도 도저히 비교할 수 없었다. 그렇지만 할리우드 영화까지는 아니어도 우리가 〈물망초〉와 같은 유럽 영화와 맞설 경쟁력은 가지고 있다고 보았다. 이웃나라 일본만 해도 우리보다 훨씬 수준 높은 영화를 만들 때였다. 다만 문화교류가 없다 보니 들어오지 못하고 있을 뿐이었다.

그러나 대만 아시아영화제에 가보니 우리 영화가 주목받고 있다는 것을 알 수 있었다. 할리우드급은 아니더라도 우리의 예술성과 보편적인 정서가 아시아인들에게 어필할 수 있다는 점을 알았다. 마침 우리 영화 〈빨간 마후라〉가 감독상(신상옥)과 남우주연상(신영균), 편집상(양성란)을 거머쥐는 장면을 보면서 우리도 분명히 경쟁력이 있다는 확신이 들었다. 이때 유현목 감독의 〈김약국의 딸들〉이 최우수 비극상, 양종해 감독의 〈열반〉이 최우수 비극영화 특별상을 받기도 했다.

또한, 내가 〈물망초〉를 수입했던 것처럼 우리 영화가 할리우드 영화보다 저렴하다는 것도 중요한 경쟁력이었다. 이미 한국에서 상영을 마친 영화를 굳이 비싸게 받을 이유가 없었다. 독일 영화는 할리우드보다 수입가격이 훨씬 낮았다. 〈물망초〉를 2천 달러에 들여왔었다.

지금은 한류 문화가 세계로 뻗어나가고 있지만 당시는 대한민국이란 이름조차 잘 알려지지 않았다. 자본도, 경험도, 인맥도 없었지만 우리 영화를 수출할 나라가 있을 것이라는 기대를 했고, 수출 실적을 올리면 국가적인 지원을 받을 수 있다는 믿음이 있었다. 우리 영화를 가지고 아시아 여러 나라에 노크해보자는 목표를 세웠다.

영화 수출사업에 뛰어들자니 가장 시급한 것은 수출 업무를 차질없이 수행할 수 있는 인재를 구하는 일이었다. 그 과정에서 뜻밖의 인재 두 사람을 만났다.

첫 번째는 친지의 소개로 20대 후반의 임정순을 만났다. 명문대 경제학과를 졸업한 이 청년은 무역 업무에 뛰어난 실력을 갖추었고 영화 쪽에도 관심이 많았다. 그리고 또 한 사람은 진작부터 영화로 알게 돼 교분이 두터웠던 대만 출신 화교 왕사성이었다. 이분은 나보다 연배가 위인데 이미 대만과 홍콩 등 중화권 영화인들과 교류 채널 역할을 해온 분이라서 두말할 것 없이 우리 회사에 꼭 필요한 인재였다.

이렇게 두 사람의 패기와 경험을 양 날개로 삼고 최오석을 전무로 영입해 실무 총괄을 맡겼다.

명동 세종호텔 근처에 합동영화사가 입주해 있는 빌딩 1층에 사무실을 임대했다. 우리 영화계 최초로 영화 수출이라는 새로운 영역을 개척하겠다는 포부를 가지고 회사 설립을 차근차근 추진했다.

1967년 1월 24일, 동아수출공사를 창립했다. 한국 영화의 해외시장을 개척하고, 일본을 뛰어넘는 멋진 영화를 만들어보겠다는 꿈을 품고 회사를 세웠다.

가장 먼저 수출 가능한 영화 판권을 수집하는 일에 모든 역량을 집중했다. 임정순은 각 나라로 보낼 영문 서신, 수출에 필요한 서류, 수출할 작품을 소개하는 시놉시스 등을 영문으로 준비했고, 왕사성 씨는 대만을 비롯해 동남아 지역의 화교 네트워크를 이용해 판로를 개척해 나

명동시대를 마치고 장충동으로 회사를 이전했을 당시 집무실에서.

갔다.

이듬해, 정소영 감독의 〈미워도 다시 한번〉 속편을 처음으로 대만에 수출했다. 문희, 신영균, 전계현 주연의 1968년작 〈미워도 다시 한번〉은 국도극장에서 64일간 37만 명이나 든 빅히트작이었는데, 역시 대만에서도 대성공을 거두었다. 지금으로 말하자면 우리의 문화상품이 해외로 나가 외화를 벌어들이는 획기적인 사건이 벌어진 것이었다.

이 시리즈는 연속 흥행에 성공해 4편까지 모두 수출했다. 또 대만에서 이 영화에 출연한 아역 배우 김정훈의 인기가 치솟았고, 나중에 그가 대만으로 유학하는 계기가 되어 인생의 진로가 바뀔 정도였다. 김정훈의 인기가 높자 1970년 그를 주인공으로 한 〈꼬마신랑〉이 제작됐고, 이 작품도 수출돼 흥행에 성공했다.

동남아에서 한국 영화가 통한다는 소문이 나자 심지어 중소 영화사에서 외화 수입쿼터용으로 졸속 제작한 작품이 현지에서 환영을 받는 경우까지 있었다. 또한 우리나라에서 외면받은 작품이 다른 나라에서는 인기를 끄는 경우까지 생겼다.

왕사성 씨가 아는 화교 영화업자 중에는 우리의 반공 영화에 관심을 가진 분도 있었다. 이런 수요가 있으면 직원들이 모두 매달려 반공 영화 판권을 확보하고, 임정순 씨는 그 작품의 영문 해설과 홍보물을 준비했다. 우리는 손발이 척척 맞는 팀워크로 한 편 한 편 해외시장을 늘려갔다. 대만 영화제에서 만났던 우리 교포 신용태 씨의 도움도 빼놓을 수 없었다.

이렇게 우리 영화의 해외 판로를 개척하고, 외화를 벌어들여 경제성장에 기여한다는 자긍심으로 부지런히 움직였다. 또 수출하면 할수록 외화 수입쿼터를 안정적으로 확보함으로써 높은 수익을 올리게 되었으니 동아수출공사는 그야말로 일석삼조의 성과를 쌓아 나갈 수 있었다.

동아수출공사는 1971년 제10회 대종상영화제에서 '수출 대상'을 수상했다. 이 부문은 영화 수출 공로를 기리기 위해 신설된 상으로서 이 상을 받은 영화인은 본인이 유일한 기록으로 남아 있다.

4 블록버스터급 〈공군대전략〉 실패로 위기

부산서 서울로 올라와 충무로에서 10여 년간 영화 일을 배우면서 나는 제작자와 극장주, 감독과 배우 등 여러 영화인들과 인간관계를 쌓았다. 그리고 동아수출공사 출범과 함께 영화 수출입을 병행하며 기반을 다졌다.

그러나 1969년 첫 번째 위기를 맞았다. 영국 영화 〈공군대전략〉의 흥행 실패 때문이었다. 이 영화는 전투기가 하늘을 뒤덮는 명장면에다 스릴 넘치는 공중전이 펼쳐지는 화려하고 스케일이 큰 대작이었다. 요즘으로 말하면 블록버스터급 영화였다.

이미 영국과 미국에서 성공한 대작이라서 큰 기대를 가지고 수입을 결정했다. 수입가격은 8천 달러. 당시로는 외화 몇 편 수입액과 맞먹는 거액이었다. 나는 이 영화가 실패할 거라고는 추호의 의심도 하지 않았다.

그 당시 영화 수입은 모두 일본 회사를 통해야 했다. 일본이 극동지역 총판을 맡고 있어서 일본 영화사들이 미국과 유럽의 영화필름을 수입해 상영을 마치고 나면 한국이나 대만 등으로 넘기도록 되어 있었다.

우리는 일본의 수입업체 중 재일교포 이현수 사장이 운영하는 불이무역과 거래했다. 이 회사는 훗날 서울 광화문에 한국 사무소를 두기도 했는데, 그 이전에는 본사가 있는 도쿄 긴자에 가야 했다. 국제전화 연결도 원활하지 않던 시절이라 직접 다니면서 일을 보아야 했다.

부푼 기대감으로 〈공군대전략〉을 수입하면서 장차 극장을 가득 메울 수많은 관객들만 생각했다. 필름을 들여오는데 통관료가 부족해 개봉관으로 정해진 피카디리극장에서 선수금을 받아 처리했다. 이것은 나중에 입장료 수입을 배분하면서 받을 돈을 미리 받는 방식인데, 영화사와 극장 간에 통용되던 관행이었다.

드디어 영화가 개봉되었으나 관객들 반응은 싸늘했다. 수많은 전투기가 스크린을 뒤덮고 박진감 넘치는 공중전을 펼치고 있었지만 극장 객석은 텅 비다시피 썰렁했다. 영국과 미국에서는 최고 흥행작이었는데 우리나라에선 서울 개봉관서부터 참패하고 말았던 것이다. 종영 날

짜가 다가올수록 속은 더 새까맣게 타들어갔다.

그 시절에는 영화필름 하나를 가지고 서울에서 부산, 대구, 광주 순으로 돌아가며 상영할 때였다. 서울 피카디리극장에서는 고배를 마셨지만 다음 상영지인 부산에서는 이미 극장 간판이 내걸리고 포스터와 같은 홍보를 시작한 상태였다.

그런데 문제가 있었다. 피카디리에서 받은 선수금을 상쇄할 만큼 수익이 나지 않아 그 상태로는 필름을 가져갈 수 없는 처지가 되었던 것이다. 즉, 극장측에 빚을 진 셈인데 그 돈을 갚지 못한 채 필름을 달라고 말할 수 없었다.

당장 부산 개봉이 코앞이라서 하는 수 없이 피카디리 사장을 찾아갔다. 일단 필름을 내주면 선수금 중에서 부족한 부분은 반드시 갚겠다고 사정했다. 그러자 사장은 "이우석, 자네는 내가 잘 안다. 절대 거짓말할 사람이 아니다." 하며 두말없이 필름 반출을 허락해주었다. 나를 신뢰하는 마음에 아무런 조건 없이 필름을 내준 것이었다.

필름통을 받아 들고 극장을 나왔는데 부산행 기차는 이미 떠난 뒤였다. 당시는 경부고속도로도 놓이지 않았던 때였다. 순간 나는 주저하지 않고 결단을 내렸다. 헬리콥터를 빌려 부산으로 가자. 그 시절에는 영화사에서 헬리콥터를 빌려 영화 전단을 뿌리는 경우가 있었다. 그걸 타고 급히 부산으로 날아갔다. 허겁지겁 동아극장에 도착하니 극장 안에서는 이미 소동이 일어나고 있었다. 표를 사서 입장했는데 영사기가 돌아가지 않으니 관객들이 곱게 있을 리가 없었다. 다행히 영화가 시작되자 최악의 사태는 벌어지지 않았다.

그날 동아극장 정기호 사장을 오랜만에 만났다. 친구 김철오와 함께 세기상사 입회원을 할 때 만났는데, 당시 부사장인 그와 내가 동갑이라 친구로 지내던 사이였다. 그렇지만 우리 실수로 관객들 소동이 있었으니 화가 날 법도 한데, 헬리콥터까지 대절해 내려와줘서 고맙다며 오히려 나를 이해해주었다.

이런 우여곡절 끝에 부산 상영을 마쳤으나, 결과는 완전한 실패였다. 흥행 사업의 속성상 사람의 힘으로 어찌할 수 없는 행운과 불운이 따르는 법이니 누굴 탓할 일이 아니었다.

이렇게 하여 사업 초기에 커다란 부침을 겪게 되었는데, 그래도 영화판에서 '인간 이우석'은 신용과 정직을 지키는 사람이라는 눈에 보이지 않는 큰 자산이 있어 재기의 발판이 되었다. 영화는 망했지만 '인간 이우석'은 쓰러지지 않았던 것이다.

연륜이 짧은 회사였지만 이 위기를 잘 이겨내고 이듬해인 1970년 주식회사 동아수출공사로 재기했다.

정상급 작가, 감독들과 손잡고 화제작 만들다

1973년부터 영화 제작에 본격적으로 뛰어들었다. 개인적으로는 '제작-이우석' 크레딧이 들어가는, 내 이름 석 자를 걸고 만드는 우리 영화 85편을 향한 기나긴 여정을 출발한 것이었다.

첫해 작품은 김시현 감독의 〈황사진〉으로부터 팽장귀-강범구 감독의 〈일대영웅〉, 정소영 감독의 〈흑녀〉 등이었다.

영화제작자로서 나의 철학은 단순했다. 창작자들의 예술혼과 능력을 믿는 것이다. 어떻게 해서든 정상급의 엘리트 작가와 감독들과 손잡고 영화를 만들고, 일단 작품이 결정되면 과감하게 투자했다.

1973년 개봉한 김시현 감독의 〈황사진〉 포스터.(사진·한국영상자료원) 서울대 약대 중퇴 후 영화에 입문한 김 감독은 총 57편을 연출했고, 춘사 나운규 영화예술제 공로상을 받았다.

국내외에서 인기가 높았던 〈미워도 다시 한번〉의 정소영 감독이 1973년 연출한 작품 〈흑녀〉 포스터.(사진·한국영상자료원)

최근 한국영화인복지재단 이사 모임에서. 맨 오른쪽이 강범구 감독, 왼쪽 두 번째가 정진우 이사장이다.

동아수출공사 사무실에서. 맨 오른쪽이
통역을 맡은 한국 태생의 화교 왕사성 씨,
두 번째는 팽장귀 감독.

부산국제영화제에서 동아수출공사 초창기에 함께했던
김기덕, 김수용 감독과 한자리에 모였다. 앞줄 왼쪽부터
김동호 집행위원장, 친구 김일환(동신 동창이자 경기고 출신),
김수용, 임권택 감독. 뒷줄 왼쪽이 김기덕 감독이다.

부산국제영화제에서 배우 김지미 씨와 김기덕 감독.

왼쪽부터 김기덕 감독과 배우 안성기 씨. 맨 오른쪽은 일본 영화계 친구.

거장 김기영 감독, 〈파계〉,
〈이어도〉 등 다섯 작품

우리나라 1세대 영화감독 중 최고로 손꼽는 김기영(1919~1998) 감독이 동아수출공사에서 1974년 〈파계〉로부터 〈육체의 약속〉, 〈이어도〉, 〈흙〉, 〈반금련〉 등 다섯 작품을 맡았다. 고은 시인의 소설을 원작으로 한 〈파계〉는 당시 최고의 개런티로 화제가 됐고, 배우 임예진의 데뷔작이기도 하다. 문공부 우수영화에 선정됐고, 국제영화제에도 출품한 걸작이었다.

영화인들의 우상, 김기영 감독은 〈화녀〉, 〈파계〉와 같은 명작을 남겼다.
서울대 의대 출신 영화인으로서 기인이란 별칭처럼 그의 사진도 거의 남아 있지 않다.

1974년작 〈파계〉. (사진·한국영상자료원)

1977년작 〈이어도〉. (사진·한국영상자료원)

〈파계〉의 주연배우로 출연한 최불암 씨(맨 왼쪽).

정일성 촬영감독은 〈이어도〉, 〈화녀〉, 〈만추〉 등 동아수출공사 작품에 많이 참여했다. 오른쪽부터 정일성, 배창호, 최인호 씨.

〈육체의 약속〉(김기영 감독),
〈을화〉(변장호 감독)에서 주연을 맡았던 김지미 씨.
그 옆은 배창호 감독.

영화 〈깊고 푸른 밤〉으로 도쿄 아태영화제에 참석한 본인과 최인호 작가, 정일성 촬영감독.

2022년초, 정일성 촬영감독과 함께.
93세에도 건강하게 지내신다.
영상미학에 일가를 이룬 분이다.

이규환 감독 은퇴작 〈남사당〉 제작, 미담으로 남아

이규환(1904~1982) 원로감독의 후배와 제자들인 유현목, 최훈, 이봉래 감독 등이 이규환감독 은퇴작품제작추진위(위원장 유현목)를 구성하여 스승을 극진히 모시려 애썼다. 그때 유 감독이 동아수출공사가 아니면 이 일을 할 수가 없다며 찾아와 나는 기꺼이 제작을 맡아 일제에 맞서 민족혼이 담긴 영화를 만든 원로 영화인에게 최고의 예우를 해드렸다.

후에 세상을 뜨시기 전에 뵈었더니 "정말 고맙다"며 마지막 작품 〈남사당〉(1974년작) 제작을 맡아준 것을 고마워하셨다.

일제강점기에 나운규 주연의 〈임자 없는 나룻배〉와 〈나그네〉와 같은 민족혼이 담긴 문제작을 만든 이규환 감독.(사진·한국영상자료원)

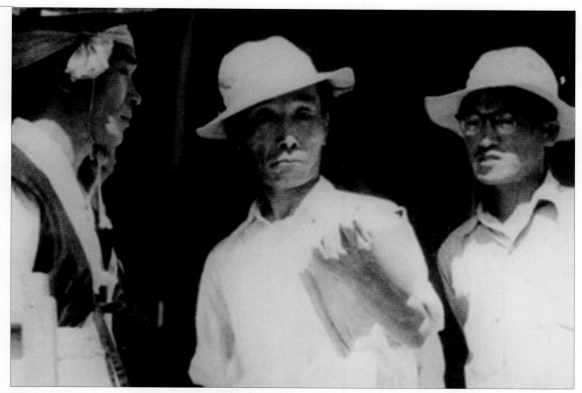

〈춘향전〉(1955년작) 촬영 당시의 모습. 왼쪽부터 배우 전택이, 이규환 감독, 유현목 조감독.(사진·한국영상자료원)

우리 영화계의 거장이자
동국대 연극영화학과 교수로 많은
후진을 길러낸 유현목 감독.

주연을 맡은 윤미라가 바닷가에서 장구를 치는 스틸. (사진·한국영상자료원)

〈남사당〉 촬영장에서의 이규환(맨 오른쪽) 감독.(사진·한국영상자료원)

남자로 구성된 유랑 남사당패의 애환을
담은 영화다.(사진·한국영상자료원)

영화 외연 넓히는 과감한 투자, 해외 로케이션

촬영 여건이 열악하던 시절, 동아수출공사는 해외 로케이션 제작에 나섰다. 스튜디오 촬영이 아니라 외국에 나가 리얼리티 넘치는 영상을 담아 영화의 외연을 넓혔다. 더욱이 해외여행이 거의 불가능하던 시대여서 관객들은 영화 속 이국 풍경에 대리만족을 느끼며 영상미의 매력에 빠져들었다.

1974년 미국 로케이션 작품 〈애수의 샌프란시스코〉와 〈황혼의 맨하탄〉을 시작으로, 1985년 〈깊고 푸른 밤〉은 미국서 올 로케이션 한 최초의 작품이다.

〈미워도 다시 한번〉의 정소영 감독이 연출한 〈애수의 샌프란시스코〉는 첫 미국 로케이션 영화다.(사진·한국영상자료원)

배우 윤일봉(맨 왼쪽) 씨는 〈황혼의 맨하탄〉 등 우리 회사 여러 작품에 주연을 맡았다.
오른쪽은 김동호 전 부산국제영화제 집행위원장. 롯데호텔에서..

양정화, 윤일봉 주연, 강범구 감독의 〈황혼의 맨하탄〉 신문광고. 미국 로케이션, 시네마스코프 영화라는 문구가 보인다.(사진·한국영상자료원)

최초의 미국 로케이션 영화 〈애수의 샌프란시스코〉의 신영균(오른쪽 두 번째) 씨와 함께.

왼쪽부터 배우 신영균, 윤정희, 그리고 본인.
윤정희 씨는 최인호 원작, 김수용 감독의
〈사랑의 조건〉에 출연했다.

왼쪽부터 〈깊고 푸른 밤〉 원작자 최인호, 주연 장미희, 그리고 본인이 한자리에서.

〈깊고 푸른 밤〉이 개봉되는 명보극장 앞에서.
서울에서만 60만 명이 넘는 관객이 몰려들었다.
왼쪽은 도동환 사장, 오른쪽은 명보극장
김창환 사장이다.

여기자(전경화 영남일보 기자)의 일대기를 그린 〈여기자 20년〉. 전경화 씨는 5.16 후 박정희 대통령과 첫 인터뷰 한 특종기사로 유명했다. 오른쪽부터 배우 신성일, 본인, 전경화 씨, 김수용 감독.

오른쪽 두 번째가 전경화 역을 맡은
배우 황정아 씨.

〈여기자 20년〉 주연을 맡은 배우
이순재 씨. 그 뒤가 전경화 씨.
내 옆은 전경화 씨의 부군.

영화제에서 만나 오랜만에 인사하는
이순재 씨와 본인.

⟨만추⟩의 김혜자,
마닐라국제영화제 여우주연상

김수용 감독이 1981년 리메이크한 ⟨만추⟩는 대종상 각본상(각색 김지헌)과 촬영상(정일성)을 수상한 수작. 1983년, 제2회 필리핀 마닐라국제영화제에서 김혜자 씨는 여우주연상의 영예를 안았다.

영화제에서 배우 김혜자(중앙) 씨, 연극평론가 여석기(맨 왼쪽) 고려대 교수.

영화제에서 김수용(맨 오른쪽) 감독.
〈만추〉는 그의 100번째 작품이다.

왼쪽부터 김혜자, 본인, 김수용 감독.

외국 바이어들이 동아수출공사 작품에 대해 높은 관심을 보였다.

(사진·한국영상자료원)

예전에는 크랭크인을 앞두고 감독과 배우, 스태프들이 모두 모여 고사를 지내는 관습이 있었다.
이 사진은 장충동 시절 회사 정원에 모인 〈만추〉 출연진과 스태프들.

임예진, 이덕화 스타덤에 오른 '진짜진짜 시리즈'

문여송 감독이 연출한 1976년작 〈진짜진짜 잊지마〉와 〈진짜진짜 미안해〉, 1977년작 〈진짜진짜 좋아해〉로 이어지는 3편의 시리즈가 하이틴 영화라는 새 장르를 탄생시켰다. 임예진, 이덕화 콤비는 이 영화로 스타가 됐고, 특히 임예진은 청소년들의 우상으로 떠올랐다.

문여송 감독의 '진짜진짜 시리즈'는 하이틴 영화의 붐을 일으켰다. (사진·한국영상자료원)

이덕화와 임예진 주연의 〈진짜진짜 잊지마〉, 〈진짜진짜 미안해〉의 스틸 중에서.(사진·한국영상자료원)

민관식 전 문교부장관(대한체육회장 역임),
이덕화 씨와 함께.

전성기 신호탄 쏘아올린
이장호 감독의 〈바람 불어 좋은 날〉

시골서 상경해 변두리에서 살아가는 세 청년의 꿈과 좌절을 담은 〈바람 불어 좋은 날〉
은 이장호 감독의 재기작이자 동아수출공사의 전성기를 알리는 신호탄과 같은 작품이
었다. 1980년 정치적 격변기에 제작·발표된 터라 여러 가지 어려움이 있었지만 이 영화
는 서울 명보극장에서만 10만 관객을 넘길 만큼 성공을 거두었다.

아역배우 출신 안성기가 성인 역으로 데뷔한 작품이다. 김성찬, 이영호, 유지인, 임예
진, 김희라, 최불암, 김보연, 김영애, 박원숙 등 쟁쟁한 연기자들이 출연했다.

안성기, 유지인 주연의 〈바람 불어 좋은 날〉이 개봉된 서울 명보극장 앞에 긴 줄을 이룬 관객들(1980. 11).

제19회 대종상에서 감독상(이장호), 편집상(김희수), 신인남우상(안성기)을, 제17회 백상예술대상 영화부문에서
대상과 작품상, 신인연기상을 수상했다. 왼쪽은 정윤희, 중앙이 이장호 감독.

이장호 감독의 재기작.
사회 비판적 시각이 담겨
검열에 애를 먹었던 작품이다.
(사진·한국영상자료원)

당시 문공부가 발급하던
영화검열합격증.

2006년 부산국제영화제에서 이장호 감독과 본인.

아역 출신 안성기 씨가 성인 연기자로 데뷔한 첫 작품이다.

1981년 백상예술대상 시상식에서
영화부문 대상 수상.

누구나 영화 하고 싶어하는,
정도를 걷는 영화사

영화는 나에게 운명이었다. 그리고 영화인들이 좋았다. 그들에게는 시대를 읽고 인간을 읽어내는 천재적인 재능이 있었다. 그렇기에 영화화가 결정되면 모든 것을 감독과 기획실무자에게 일임했다. 필름을 적게 써라 마라, 심지어 제작비를 깎으라 마라 흥정한 적이 한 차례도 없었다. 내 모토대로 정직 하나만 원칙으로 삼아 일했고, 동아수출공사는 정도를 걸었다.

그래서 동아수출공사는 누구나 같이 일해보고 싶은 영화사라는 평판을 들었다. 작품이 완성되고, 컴컴한 극장에서 그 필름이 스크린에 영사될 때 빛나는 눈동자로 화면에서 눈을 떼지 못하는 관객들을 바라보면서 비로소 나는 내가 영화제작자라는 사실이 자랑스러웠다.

왼쪽부터 신현택 삼화비디오 대표, 김동호 위원장, 본인, 신영균 이사장, 배우 강수연 씨, KBS 박준영 부장.

대종상 시상식에서.
왼쪽은 사회자 김동건 아나운서.

제주 신영영화박물관, 신영균문화예술재단을 설립한 신영균 명예회장.

소설가 김동리 원작, 변장호 감독의
〈을화〉에 출연한 김지미 씨와
골든하베스트 레이몬드 초우 회장.

한국영화배우협회의 역대 회장들과 함께. 왼쪽부터 윤양하, 남궁원 회장, 본인 오른쪽은 윤일봉 회장.

홍콩 배우 성룡이 선물한 그의 차를 신영영화
박물관에 기증했다. 사진은 우리 내외.

왼쪽부터 배우 윤일봉, 김지미 씨, 우리 내외.

김수용(맨 오른쪽) 감독과 함께.

베니스영화제와 모스크바영화제 여우주연상을 수상한 강수연 씨. 영화를 제작하면 손해 보던 시절, 신라호텔에서
오랜만에 만나자 나를 감싸안으며 "동아수출 사장님이 영화 안하면 누가 합니까?"라며 우리 영화에 대한 열정을 보여주었는데,
안타깝게 2022년 5월 한창나이에 세상을 떠났다.

배우 신성일 씨에게 대종상을
시상하고 있는 본인.

신성일 씨와 서울 리츠칼튼 호텔에서.

왼쪽부터 배우 박규채,
이덕화 씨와 함께.

가수 나훈아 씨, 배우 윤일봉 씨와 신라호텔에서.

강남 동아극장에서 왼쪽부터 〈겨울 나그네〉의 주연 강석우,
본인, 곽지균 감독. 곽 감독의 데뷔작으로 대종상 신인감독상,
여우조연상(이혜영)을 받았다.

1991년 〈그들도 우리처럼〉의 문성근(맨 왼쪽) 씨. 연극배우를 하다 영화에 첫 출연해 제27회 백상예술대상 남자 신인연기상을 받았다.

서울서 22만 명 이상의 관객을 기록해 1986년 흥행 1위에 오른 작품이다.(사진·한국영상자료원)

맨 오른쪽이 문성근 씨, 맨 왼쪽이 배우 박규채 씨와 정지영 감독.

왼쪽부터 본인, 신경식 의원, 이주일 씨, 국종남 대한극장 사장. 이주일 씨는 2002년 61세를 일기로 일찍 작고했다.

'코미디계의 황제'로 불린 이주일 씨.
이형표 감독의 〈얼굴이 아니고 마음입니다〉에서
주연을 맡았다.

왼쪽 두 번째가 매니저 최봉호 씨. 삼호기획 대표를 지낸 최봉호 씨는 연예계의 대부라는 평판을 들었다. 1981년 사진이다.

왼쪽부터 강석우, 이호성(현 동아수출공사 사장), 가수 겸 영화음악가 김수철, 오소영·안성기 부부. 우면동 집에서 열린
〈깊고 푸른 밤〉 출연진 파티에서.

박광수 감독 데뷔작인 〈칠수와 만수〉. 안성기, 박중훈,
배종옥이 주연을 맡았다. (사진·한국영상자료원)

왼쪽 두 번째부터 배우 신일룡, 본인, 홍콩배우 성룡.

신인시절의 배우 조인성(오른쪽 두 번째)과
함께. 맨 왼쪽이 이장수 감독.

초대 문화부장관 시절의 이어령 교수. 이 교수의 희곡을 원작으로 김호선 감독의 〈세번은 짧게 세번은 길게〉가 영화화됐다. 중앙은 당시 김동호 영화진흥공사 사장.

왼쪽부터 최인호 작가, 본인, 이어령 전 장관, 배우 안성기 씨와 함께.

1981년작 〈세번은 짧게 세번은 길게〉 포스터.
(사진·한국영상자료원)

오른쪽부터 1995년 〈모래시계〉의 김종학 PD, 송지나 작가. 이장수 감독의 〈러브〉가
송 작가의 작품이다.

맨 오른쪽이 영화인 전옥숙(홍상수 감독 어머니) 씨, 맨 왼쪽은 극작가 신봉승 씨다.

1996년 홍상수 감독 데뷔작 〈돼지가 우물에 빠진 날〉.
이 작품으로 국내는 물론 아·태국제영화제, 밴쿠버,
로테르담 영화제에서 신인감독상을 받았다.
(사진·한국영상자료원)

홍상수(맨 오른쪽) 감독이 〈돼지가 우물에 빠진 날〉로 데뷔하고 김두호(중앙) 서울신문 문화부장과 인터뷰했다.
오늘날 홍 감독은 세계적인 감독으로 성장했다.

한국영화촬영감독협회의
제20회 황금촬영상.

제17회 청룡영화제
신인감독상(홍상수).

예술성과 흥행 모두 성공한 최고작 〈깊고 푸른 밤〉

최인호, 배창호, 안성기, 장미희라는 앙상블이 꽃피워낸 멋진 영화다. 단연코 개인적으로 내 영화인생에 있어서 최고의 걸작이다. 또, 우리 영화사상 최초로 미국 올 로케이션으로 제작한 기념비적인 작품이다.

단관 개봉시대, 명보극장에서 49만 6천 명, 스크린쿼터 관계로 코리아극장으로 옮겨 누적 60만 명이라는 사상 최고 관객수를 기록했다.

〈깊고 푸른 밤〉은 그해 대종상영화제에서 영화부문 대상과 작품상, 감독상(배창호), 남우주연상(안성기), 시나리오상(최인호), 촬영상(정광석), 조명상(김강일, 김동호)을, 한국영화평론가상 최우수작품상, 제30회 아시아태평양 국제영화제(도쿄) 최우수작품상을 수상했다.

왼쪽부터 최인호, 장미희, 본인, 뒤편에 배창호 감독.

도쿄 아시아태평양 국제영화제에서. 왼쪽부터 본인, 안성기, 최인호, 이권석 기획상무.

1985년작 〈깊고 푸른 밤〉
포스터. (사진·한국영상자료원)

제21회 백상예술대상(영화부문) 대상.

제24회 대종상영화제 작품상.

제21회 백상예술대상 작품상.

도쿄에서 열린 제30회
아시아태평양영화제 최우수작품상.

제30회 아시아태평양영화제 일본 문부대신상.

1985년 3월 1일, 개봉 첫날부터 명보극장에
몰려든 관객들이 표를 사기 위해 을지로3가까지
긴 줄을 섰다. 60만 2천여 명이란 관객 기록은
6년간 깨지지 않았다.

앞줄에 배창호 감독과 안성기, 본인 뒤에 최인호 작가가 보인다.

최인호, 배창호와 함께 도쿄에서.
1985년 아시아태평양영화제에서 〈깊고 푸른 밤〉이
최우수작품상을 받았다.

오른쪽 두 번째가
정광석 촬영감독.

최인호 작가는 첫 작품(별들의 고향) 외에는
모두 동아수출공사에서 영화를 만들었다.

출연진과 스태프, 우리 임직원들과 같이 우면동 집 정원에서 파티를 마치고 기념촬영. 우면동 시절, 촬영을 마치면 조촐한 가든파티를 열었다.

왼쪽부터 장미희, 본인, 배창호, 정일성 씨.

왼쪽은 배창호 감독.

작가 최인호 씨.

왼쪽 두 번째가 당시 이명세 조감독이다.

왼쪽부터 최인호 작가 부부, 배창호 감독, 본인,
이권석 상무, 내 아내, 정일성 촬영감독.

시대의 애환을 함께한
영화인들과의 추억

호황이 있으면 침체기가 있었고, 시대와 정책에 따라 유불리가 요동쳤고, 더러는 영화계 갈등으로 불협화음이 끊이지 않던 것이 충무로의 과거였다. 한때는 다섯 기관의 검열과정을 거쳐 영화를 만들던 혹독한 시기도 있었다.

하지만 하루아침에 명멸하고 마는 영화계에서도 나는 신의를 지켰고, 감독과 배우들이 재능과 예술혼을 마음껏 발휘할 수 있도록 뒷받침했다는 사실은 부끄럼 없는 사실이다. 내 영화인생의 동반자였던 분들, 또 동아수출공사를 거쳐 성공한 감독과 배우들이 고마울 뿐이다.

유현목(맨 왼쪽) 감독과 사무실에서.

왼쪽부터 배우 윤일봉, 김지미 씨, 김동호 집행위원장, 오지철 전 문공부차관과 서울 하얏트호텔에서.

장충동 시절 사무실에서 배창호 감독, 배우 신영균 씨.

본인 오른쪽이 영화제작자 황기성 사장, 그 옆이 원로 영화평론가 호현찬 씨와 배우 최성 씨..

왼쪽부터 배우 김지미, 본인, 가수 최희준,
작곡가 황문평 씨, 조관희 스포츠서울 국장.

'조선왕조 500년'의 신봉승 작가와 함께. 1992년 사진이다.

작곡가 겸 영화음악가 황문평(1920~2004) 씨.
황 선생은 가요 '호반의 벤치', 영화 주제가
'빨간 마후라' 등을 쓴 분이다.

부산국제영화제에서 왼쪽부터 김지미 이사장, 본인, 김일환 회장, 김기덕 감독, 김수용 감독, 정창화 감독과 함께.

문공부 시절부터 가깝게 지내던
이종덕(중앙) 예술의전당 사장과 김수용 감독.

김동호 부산국제영화제 집행위원장, 배우 문성근 씨와 같이. 우리 영화에 문성근 씨가 출연하자 모처에 불려가 조사를 받았던 시절도 있었다.

서울 연흥극장의 연재흠(중앙) 회장과 제씨 연주흠 회장(7대 국회의원)은 나를 전폭적으로 도와준 분들이다. 두 분과 일본 여행도 자주 다녔다.

안양컨트리에서 왼쪽부터 본인, 도동환 사장, 곽정환 합동영화사 회장, 이창무 허리우드극장 사장.
도 사장은 사업에 실패하고 오갈 때가 없을 때 자기 아들이 내 아들과 리라초등학교 동창이라며 찾아와 동아수출에서 10년 동안 일하다가
독립했다. 그런데 도리를 저버리고 외부에서는 자신이 동아수출을 도와주었다고 허언을 하고 다녀 크게 나무라고 관계를 정리했다.

한국영화인복지재단을 맡고 있는
정진우 이사장 사무실에서(2021년).

왼쪽부터 곽정환 합동영화사 회장, 본인, 강대진 삼영필름 사장.

왼쪽부터 배우 윤일봉, 이건 이스트밸리 명예회장, 본인, 방송인 이상벽 씨.

왼쪽부터 엄앵란·강신성일 부부,
가수 하춘화, 본인.

배우 최불암 씨와 함께.

왼쪽부터 본인,
문화공보부 국장, 배우 최성 씨.

원로배우 최무룡(1928~1999) 씨.
배우 최민수의 부친이다.

이종찬(맨 오른쪽) 전 국가정보원장의 육군중위 시절, 아이들과 창경궁에 나들이를 나왔다. 왼쪽은 영화제작자협회 송재홍 전무.

이종찬 전 국정원장은 젊은 시절부터 인연이 닿아 가까이 지냈다.

내 옛집이 남산의 예장공원으로 수용되어 아쉬웠는데, 2021년 그 자리에 이종찬 전 국정원장의 조부인 우당 이회영기념관이
건립돼 깊은 인연을 실감했다.

이종찬 전 국정원장은 지금도 자주 만난다.
오른쪽은 김재기 전 외환은행장.

옛 중앙청(지금의 경복궁 내 소재) 시절, 문화공보부 간부들과 함께. 문공부 국장출신 모임인 문공회(지금의 문화회)에 비공무원으로는 본인이 유일하게 회원으로 가입돼 지금까지 같이 만나고 있다.

1996년, 사단법인
문공회 김동호 회장에게
받은 감사패.

장충극장 준공 오픈식에서 왼쪽부터 장미희, 고은아, 본인. 고은아 씨는 곽정환 회장의 부인이다.

합동영화주식회사 간판이 걸려 있는
옛 영화사 앞에서. 합동영화사
곽정환 회장은 감독이자
제작자로 왕성하게 활동했다.

2021년 8월 31일 합동영화사가 운영하던 서울극장이 폐관하던 날 위로차 방문해 고은아 회장과 함께.

서울극장에 전시되어 있는
필름영화 시절의 영사기.

오른쪽부터 본인, 임권택 감독, 배우 문희, 김동호 위원장.

시상식장에서 윤일봉, 최무룡, 장미희 씨.

맨 오른쪽 배우 이영하 씨와 그 옆의 김두호 스포츠서울 문화부장.

왼쪽부터 오지철 전 차관, 본인, 김동호 위원장, 배우 문희, 이종덕 전 예술의전당 사장.

김동호 위원장, 이종덕 사장과 함께.
김동호 위원장과 이종덕 사장은 문공부
재직 시절부터 친한 사이였다.

동아수출공사 가족과 더불어
영광스러웠던 순간들

영화제작자로서 보람 있는 일은 동아수출공사를 거쳐간 많은 감독과 배우들이 스타가
되고, 우리 작품들이 국내외 영화제에서 높이 평가받을 때이다. 아울러 스크린 뒤편에
서 묵묵히 수고해준 임직원들의 열의 또한 잊을 수 없고 두고두고 고마울 뿐이다.

2010년 부산국제영화제에서. 왼쪽부터 지종학 KBS PD, 박준영 KBS본부장, 김동호 부산국제영화제 집행위원장, 본인, 황기성 회장.

제5회 영평상 시상식에서 〈깊고 푸른 밤〉으로 최우수작품상을 수상했다.

제5회 영평상에서 감독상을 대리 수상한 정진우 감독의
제씨 정광웅 씨와 함께.

1991년, 제11회 영평상에서 〈그들도 우리처럼〉이 최우수작품상, 감독상, 촬영상, 음악상을 받았다.

1985년 제5회 영평상 시상식 모습.

제11회 영평상 최우수작품상을 수상하고서.
왼쪽은 변인식 영화평론가협회장.

영술계(윤석훈 회장)의 최고영화인상(1994년).

한국영화인협회(김지미 이사장)의 감사패(1996년).

한국영화감독협회(이두용 회장)의 감사패(1997년).

제15회 춘사대상영화제(정인엽 집행위원장)의
아름다운 영화인상(2007년).

극진공수도 창시자 최배달 영화화, 미완의 아쉬움

일제시대에 일본으로 건너가 파란만장한 삶을 살아온 최배달(1923~1994) 총재는 극진가라테를 창시한 무도인이다. 방학기의 《바람의 파이터》로 널리 알려진 그는 1947년 전일본 공수도대회 우승 이후 최고의 무도인으로 우뚝 서기까지 초인적인 험난한 과정을 거쳤고, 1964년 국제공수도연맹을 창립했다.

그의 인생역정을 영화로 만들기로 하였으나 1994년 갑자기 폐암으로 별세하여 그 뜻을 이루지 못했다.

최배달(왼쪽 두 번째) 국제공수도연맹 총재와 함께.

서울과 도쿄를 오가며
우리 두 사람은 자주 만났다.

최 총재는 내 아들 결혼식에 참석하려고
일본서 서울까지 올 정도로 친밀했다.

도복을 입은 최 총재.
그는 나이가 들어서도 훈련을
소홀히 하지 않았다.

일본 공수도 대회장에서.

대회장에서 최배달 관련 영상을
촬영하던 모습.

왼쪽부터 최배달 총재, 김운용 총재, 본인. 이분은 태권도 발전에도 기여했다.

사후 후계자로 지목된
문장규(일본명 마쓰이 쇼케이) 관장.
문 관장은 일본에 귀화하지 않은 재일교포 3세다.

왼쪽부터 강신성일 전 의원, 최배달 총재, 본인, 만화 〈바람의 파이터〉의 방학기 작가, 김동호 집행위원장, 이창무 사장.

1991년, 도쿄에서 개최된 제5회 국제공수도연맹 세계대회 기념 도예품을 최 총재에게서 받았다. 회원국가 명단이 들어 있다.

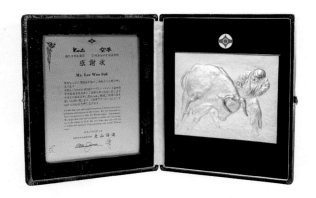

국제공수도연맹에서 본인에게 준 감사장(1991년).

최배달 총재가 1994년 향년 70세로 별세했다.

이민섭 문화관광부 장관이 문장규 관장에게
훈장증을 전달하고 있다.

5 엘리트 작가, 감독들과 손잡고 본격 제작

1970년대 초, 동아수출공사의 영화 수출실적은 독보적이었다. 당시의 수출국은 주로 동남아와 대만, 일본 등 극동지역에 국한돼 있을 때인데, 1960년대 초부터 우리만의 해외 네트워크를 구축해 두었기 때문에 우리를 쫓아올 회사가 없었다.

1970년에 24편, 1971년에는 무려 40편이나 수출하는 큰 성과를 거두었다. 그러자 그해 대종상영화제에서는 특별히 '수출 대상'을 신설해 동아수출공사에게 이 상을 주었다. 그때 이후로 영화계에서 이 상을 받은 사람은 없었다.

그런데 그 즈음 수출 실적으로 받은 외화 쿼터로 외화를 수입하던 방식에 변화가 생겼다. 정부에서 영화 의무제작 편수 규정을 만들어 이를 충족한 회사에게 외화수입권을 배정키로 한 것이었다. 처음엔 우리 영화 3편에 수입쿼터 1편씩을 주었는데, 1975년에는 우리 영화 6편 이상 제작하면 수입쿼터를 1편씩 주는 것으로 바뀌었다.

정부 방침의 변화에 따라 수출 비중을 낮추면서 1972년부터 우리 영화를 본격적으로 제작해야겠다는 생각을 굳혔다. 그리하여 1973년 김시현 감독의 〈황사진〉을 필두로 팽장귀-강범구 감독의 〈일대영웅〉, 정소영 감독의 〈흑녀〉 등을 제작, 개봉했다. 그 당시 유행하던 영화가 홍콩 영화들이라서 무협 장르부터 제작했던 것이다.

이후로 동아수출공사는 1975년 4편, 1976년 9편, 1977년 8편, 1978년 8편, 1979년 5편 등 많은 작품들을 잇달아 제작해 개봉관에 올렸다. 당시에는 영화 제작환경이 낙후했고 단기간에 촬영하는 풍토가 있었지만 매년 예닐곱 편씩 제작하는 것은 쉽지 않은 일이었다.

1961년 5.16 이후 20여 년간 우리나라엔 영화 쿼터제라는 제도가 있었다. 국내 영화산업을 발전시킨다는 취지에서 연간 3편의 의무제작을 한 영화사에 외화 1편 수입권을 주었던 제도였다. 그 당시에는 우리 영화가 외국보다 뒤처져 있었기 때문에 외화 한 편만 들여와 성공하면 크게 돈을 벌던 시절이었다. 그러니 우리 영화 제작에 집중하기보다는 의무제작 편수를 채

워 흥행작 1편만 들여오면 큰돈을 벌 수 있다는 풍토가 만연해 있었다.

당시는 허가받은 12~20개 영화사만 영화를 제작할 수 있었기 때문에 연간 의무제작 편수를 채우기 위해 자신의 이름만 빌려주는 '대명(代名)' 제작이라는 편법이 공공연하게 벌어지고 있었다. 그러나 나는 나의 신념 상 대명 제작은 생각지 않았고 단 한 번도 건너다보지도 않았다.

오늘날 되돌아보아도 그 당시에 이름을 팔아 영화를 만들지 않았다는 사실이 얼마나 떳떳한지 모르겠다. 그것은 내가 인생의 제일 원칙으로 삼았던 '정직'이라는 신념을 지키고자 했기에 가능했던 일이었다.

또 그렇게 여러 작품을 직접 제작하면서도 함께 일한 감독과 작가, 배우와 스태프들한테 서운한 소리를 들어본 적이 없다는 것도 자랑스럽다. 감독과 기획자들이 협의해 올라온 제작비에는 일절 손을 대지 않았다. 무엇보다 나는 감독을 믿었고, 그들의 예술적 역량을 존중했기 때문이었다.

충무로에 그런 소문이 퍼지자 이런 일화도 있어서 이제야 밝혀둔다. 그 당시 합동영화사 곽정환 사장이 동부이촌동 같은 아파트에 살고 있을 때였다. 내가 10층에 살고 곽 사장이 5층에 살았는데, 하루는 엘리베이터에서 만나자 곽 사장이 대뜸 "이 사장, 당신이 그렇게 제작비 많이 주면 우리는 영화를 어떻게 만들어?" 하고 불만 섞인 쓴소리를 한 적이 있었다.

김기영(1919~1998) 감독의 연출 모습. 그는 한국 영화사에 거장으로 남았다.(사진·한국영상자료원)

영화제작자로서 나의 철학은 심플했다. 창작자들의 재능과 예술혼을 믿고 존중했다. 그리고 어떻게 해서든 정상급 엘리트 작가와 감독들을 우리 회사로 끌어들여 그들에게 과감하게 투자했던 것이다.

우리나라 1세대 영화감독 중 나운규 감독 이후 최고의 거장으로 인정받는 김기영 감독은 1974년 〈파계〉를 시작으로 5편을 연속으로 맡았다. 특히 첫 작품 〈파계〉 계약 당시에 감독들 가운데 최고의 개런티를 받았다고 기사화가 될 정도로 화제가 되었다. 이 작품은 문공부 우수영화에 선정됐고, 국제영화제에도 출품한 걸작이었다.

우리 영화계에 의과대학 출신이 여러 명 있었는데, 이분도 공교롭게 서울대 치대 출신 영화인으로서 체구가 큰데 성품이 까다롭고 개성이 강한 분이었다. 하지만 영화에 관한 한 전권을 맡기고 각별하게 예우했기에 〈파계〉 이후 1975년 김지미, 이정길 주연의 〈육체의 약속〉, 1977년 이화시, 김정철 주연의 〈이어도〉, 1978년 〈흙〉, 1981년 신성일, 박정자, 이화시, 조재성 주연의 〈반금련〉 등 다섯 작품을 연속으로 맡았다.

2021년 〈미나리〉로 아카데미 여우조연상을 받은 윤여정 씨가 수상 소감에서 "김기영 감독에게 감사드린다"고 얘기했고, 또 칸영화제 황금종려상을 받은 〈기생충〉의 봉준호 감독 역시 "김기영 감독은 나의 영원한 멘토"라고 말한 적이 있을 정도로 추앙받는 분이다.

또한, 영화 1세대 원로인 이규환 감독과 관련한 일화도 있었다. 이분이 자신의 영화인생을 마무리하는 고별작을 기획하고 있었으나 이를 맡겠다는 영화사가 없어 낙담하고 있었다 한다. 그러자 그 문하에서 연출을 배운 유현목 감독이 위원장을 맡아 '이규환감독 은퇴작품제작추진위원회'를 조직할 정도였다.

유현목 감독은 최훈, 이봉래 감독과 함께 나를 찾아왔다. "스승의 은퇴작을 해줄 수 있는 데는 동아수출공사밖에 없다"고 사정 얘기를 하는 것이었다. 나는 두말하지 않고 그 자리에서 부탁을 들어주었다. 유현목 감독과의 관계도 그렇지만 이규환 감독에 대한 존경심에서 망설이지 않았던 것이다.

이같은 사실은 당시 동아일보에 '이규환감독 은퇴작품 제작사가 마침내 결정됐다'는 미담으로 소개된 바 있었다.

이 감독의 은퇴작 〈남사당〉이 1974년 개봉됐다. 윤미라와 하용수가 주연을 맡았다. 남사당패라는 토속적인 내용에 남장한 신인배우 윤미라의 열연까지 담긴 영화였으나 관객들 반응

이 적었다. 그러나 애초에 이 감독의 고별작으로 돈 벌 생각은 하지 않았으니 아쉬운 마음은 전혀 없었다. 평생 영화에 몸바친 원로감독에 대한 예우로서 제작키로 한 것이었기에 작품 자체에 의미를 두었을 뿐이었다.

훗날 이분이 세상을 뜨시기 전에 뵈었더니 "정말 고마웠다"며 자신의 마지막 작품을 맡아준 것에 대해 다시 한번 인사하신 적이 있었다.

내 성격 탓도 있겠지만 동아수출공사는 지방 극장에서 선수금을 받아 제작하지 않는 것으로도 유명했다. 논에 심어놓은 벼를 수확하기 전에 미리 파는 것을 '입도선매'라고 하는데, 충무로에서는 완성되지도 않은 영화 흥행권을 미리 팔아 그 선수금으로 제작비를 충당하던 관행이 있었다. 그 결과, 극장에 관객이 들지 않게 되면 그 선수금은 고스란히 빚으로 남는 것이고, 그 빚이 누적되면 하루아침에 영화사가 문을 닫고 도주해버리는 경우도 적지 않았던 것이다. 아무리 영화가 흥행사업이라 하지만, 영화사 사장은 사기꾼이란 말이 나올 만큼 영화사에 대한 신뢰가 바닥에 떨어져 있었다.

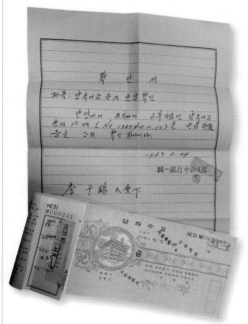

사용한 당좌수표 1매를 포함해 전량을 한일은행 중부지점에 반납하고 받은 확인서를 지금까지 간직하고 있다(1983년).

그래서 나는 선수금을 받지 않았다. 심지어 은행의 당좌수표도 사용하지 않았다. 당좌수표를 발행했다가 결제하지 못하면 그것도 입도선매와 다를 바 없는 결과를 가져오기 때문이었다.

당좌수표를 쓰지 않고 현금 지급을 원칙으로 하니 자연히 충무로에서 '이우석'에 대한 평판이 좋을 수밖에 없었다. 그래서 영화에 입문하려는 감독 지망생들이 어떻게든 동아수출공사에 들어가 조감독 한번 해봤으면 좋겠다는 소문이 났을 정도였다. 물론 이 배경에는 이소룡, 성룡으로 대표되는 홍콩 영화를 수입해 성공함으로써 자본력이 축적된 원인도 있었다. 그렇지만 걸핏하면 사기꾼 소리 듣는 영화판에 같이 휩쓸리고 싶지 않은 생각에 선수금이나 약속어음으로 영화를 제작하지 않으려 했던 것이다.

나는 작가와 감독의 재능과 실력을 최대한 존중했다. 필름영화 시절, 그날그날 사용하는 필름 사용량까지 문제삼아 '왜 이렇게 많이 쓰느냐' '필름을 흥청망청 쓴다'고 간섭하는 사장들이 있다는데 나는 작은 소품 하나에도 절대 개입하지 않았다.

나는 감독이 원하는 대로 투자했다. 영화의 외연을 넓히려고 해외 로케이션 제작에도 과감히 투자했다. 세트장 촬영을 벗어나 외국으로 나가 리얼리티 넘치는 영상을 담아냄으로써 스토리의 한계를 뛰어넘고 영화의 질적 향상을 시도해 보았다.

1988년 이전에는 국민들이 해외여행을 하기 어려웠던 시대라서 관객들은 영화 속 이국 풍경에 대리만족을 느끼며 새로운 영상미에 매료되었고, 이는 자연스럽게 흥행과 연결되기도 하였다.

외국 로케이션 작품은 우리 이전에 일본과 홍콩에서 촬영한 영화가 두어 편 있었으나 1974년작 〈황혼의 맨하탄〉을 시작으로 1975년작 〈애수의 샌프란시스코〉는 미국에서 찍은 영화였다. 그리고 1985년 개봉한 〈깊고 푸른 밤〉은 미국에서 올 로케이션으로 촬영·현상한 최초의 영화였고, 작품성과 흥행 면에서 모두 성공을 거둔 동아수출공사 역사에 남는 대표작이 되었다.

6 정도를 걷는 영화사

나는 영화인들이 좋았다. 그들에게는 시대를 읽고 인간을 읽어내는, 남다른 천재적 재능이 있었다. 그렇기에 영화화가 결정되면 모든 것을 감독과 기획실무자에게 일임했다. 내 모토대로 정직 하나만 원칙으로 삼아 일했고, 동아수출공사는 정도를 걸었다.

하루아침에 명멸하고 마는 영화계에서도 나는 신의를 지키려 했고, 감독과 배우들이 그들의 예술혼을 마음껏 발휘할 수 있도록 뒷받침했다는 사실이 자랑스럽다. 내 영화인생의 동반자였던 분들, 또 동아수출공사를 거쳐 성공한 감독과 배우들이 고마울 뿐이다.

감독과 배우를 비롯해 수십 명의 스태프가 오랜 기간 땀 흘려 작품을 완성하고, 그 영화를 보기 위해 극장 매표소 앞에 몇 시간씩 긴 줄을 서 있는 관객들을 보면 가슴이 뭉클했다. 그리고 극장 스크린에 그 필름이 영사되고, 그 화면에서 눈을 떼지 못하는 관객들을 바라보면 나는 비로소 내가 영화제작자라는 사실이 자랑스러웠다.

이 책을 준비하면서 배창호 감독과 얘기를 나눈 적이 있지만, 그가 영화감독의 꿈을 키우던 청소년 시절에 보았던 영화들 가운데 동아수출공사가 수입한 작품들이 여럿 있다고 했다. 첫 수입작인 〈물망초〉가 그랬고, 소피아 로렌의 〈해바라기〉, 스페인 음악영화 〈길은 멀어도 마음만은〉, 〈태양은 가득히〉 같은 영화를 보면서 영화에 빠져들었노라고 옛날을 회상했다. 베니스영화제 아역배우상을 받은 〈길은 멀어도 마음만은〉의 마리솔은 지금도 머릿속에 생생하다고 했다.

그러나 그토록 아름다운 영화에도 영화사 대표로서 말하지 못한 일화가 있다는 사실을 얘기해주었다. 배 감독이 좋아하는 비토리오 데시카 감독의 〈해바라기〉가 그 작품이었다. 이 영화는 수입 후 근 7년간이나 창고에 묻혀 있다가 1980년에 개봉되어야 했던 사연이 있었던 것이다.

원인은 당시의 검열이 문제였다. 검열이 매우 엄격하던 시절에는 문공부와 문교부, 치안본부

(지금의 경찰청), 보안사(지금의 군사안보지원사령부), 중앙정보부(지금의 국가정보원) 등 5개 부처와 기관에서 공동으로 검열했다. 〈해바라기〉가 상영금지가 된 까닭은 구 소련의 레닌그라드 거리가 나온다는 이유에서였다.

아무 변명도 하지 못하고 그 필름은 창고에 처박혀버렸다. 그후 7년쯤 지나 주한미군 방송(AFKN TV)에서 이 영화가 방영되었고, 그걸 근거로 재검을 받아 상영될 수 있었으니 지금 생각해보면 엄혹한 시대가 만든 웃지 못할 해프닝이 아닐 수 없다.

배우 당룡 뒤로 〈해바라기〉 포스터가 붙어 있다. 당시의 포스터는 지금 남아 있지 않다.

검열 이야기가 나왔으니 이종찬 전 국정원장과의 인연을 얘기하지 않을 수 없다. 이분이 육군 중위 시절 중앙정보부 소속으로 문공부에 파견돼 합동검열관을 맡고 있어서 나와 처음 알게 되었다. 당시 영화제작자협회 송재홍 전무 소개로 서로 인사를 나누었다.

누대에 걸쳐 독립운동가 집안의 후손인 이분은 나중에 4선 의원에 초대 국가정보원장을 지낸 분이지만 그 시절에도 남다른 인품으로 서로 가깝게 지낸 것이 지금까지도 이어지고 있다.

또, 영화의 주무부처인 문화공보부를 말하지 않을 수 없다. 예전엔 시나리오를 가지고 사전검

이종찬 초대 국가정보원장의 기념품.

남산에 있던 나의 옛집이 수용되었는데, 2021년 그 자리에 이회영기념관이 건립됐다. 우당 이회영 선생의 손자가 이종찬 원장이다.

열을 거친 다음, 촬영을 마치면 필름 검열을 거쳐서 상영하도록 되어 있었다. 특히 완성된 영화필름이 소위 가위질을 당하게 되면 작품이 엉망이 되어버리거나 흥행에 영향을 미치는 경우도 있었다. 게다가 상영불가 결정이 나버리면 그대로 손해를 보아야 했다. 그러니 다급한 경우에는 이 사람 저 사람에게 줄을 대 '빽'을 쓰는 일이 흔하던 시절이었다.

하지만 이때에도 나는 절대 개인적으로 청탁을 넣지 않았다. 매사를 고지식하게 곧이곧대로 처리했다. 안 될 일은 어떻게 해도 안 되는 것으로 알았다.

실제로 '빽'을 쓴다고 모든 일이 다 해결되는 것은 아니었다. 실무선에서 해결될 일인데도 위에서 아래로 지시가 내려와 일이 꼬여버리는 경우도 자주 보았던 것이다. 정계와 관계에 인맥이 많기로는 빠지지 않는 사람이지만 누구한테도 신세지지 않고 원칙대로 살려고 했다. 어느 경우에도 '정직이 빽'이라는 나의 신념을 놓지 않았다. 정말 부탁할 일이 생기면 윗사람들한테 얘기하지 않고 바로 실무자에게 전후과정을 설명하고 사정했다. 그것이 훨씬 효과가 있었다.

영화 관련 일로 이런저런 소문이 나다 보니까 문공부 내에서는 '인간 이우석'에 대한 평판이 좋았던 게 당연지사였다.

작고하셨지만 문공부 예술국장으로 있던 장상규 씨가 식사자리에서 직원들한테 "이우석 회장한테는 커피를 얻어먹어도 다른 사람들한테는 절대 안 된다"고 큰소리로 말해 다같이 웃었던 일화도 잊을 수 없는 추억이다.

문공부 사람들이 이런저런 일로 나를 오랜 기간 겪어보니 다른 제작자들과 다르다는 사실을 알게 되었다. 그래서 국장 출신들 모임인 '문공회(지금의 문화회)'에 비공무원 출신인 나를 특별회원으로 가입하도록 했고, 지금도 나는 회원으로 같이 만나며 교유하고 있다.

박종국 문공회 초대회장의 빈소에서 16대와 17대 회장을 지낸 서종환 회장을 만났더니 "이 회장님은 한마디로 일관성이 있는 분이다. 옛날 선비와 같이 소나무와 바위처럼 일관되게 사는 거인"이라고 과분한 말을 들은 적이 있었다. 서 회장은 서울대 법대를 수석졸업한 인재로 UN대표부, 인도, 독일 대사관 등 해외에서 근무했고 청와대 해외공보관으로 재직했던 분이라 문공회에서는 나와 초면이었음에도 나에 대한 소문을 듣고 그렇게 얘기했던 것이다.

7 동아수출공사 거쳐간 스타 감독과 배우들

충무로에서 동아수출공사의 명성은 날로 높아갔다. 정도를 지키는 경영, 작가와 감독들의 창의력과 재능을 존중하는 제작 원칙이 소문나면서 믿을 수 있는 제작사로 인정받았다. 이로 인해 이미 능력을 인정받은 정상급 감독이나 장차 정상에 올라설 패기 있는 신인감독들이 동아수출공사와 손잡고 영화를 만들고 싶어했다. 이는 감독뿐만 아니라 연기자들, 조감독들 사이에서도 마찬가지였다.

실력을 갖춘 영화인들을 쓰고, 과감한 투자로 작품성을 높일 수 있는 여건을 조성해주자 1970년대 후반부터 그 결과가 점차 좋은 영화로 나타났다.

이미 거장 반열에 올라 있던 김기영, 정소영, 문여송, 김수용, 김호선, 김응천, 변장호, 석래명 감독 등이 우리와 함께 일했다. 여기에 기라성 같은 스타 연기자들이 합세해 걸출한 작품들을 내놓았다.

거장 김기영 감독은 앞서 거론한 바 있고, 〈흑녀〉의 정소영 감독은 국내외에서 크게 히트한 〈미워도 다시 한번〉을 연출한 분인데, 우리 회사에서는 김지미와 이정길 주연의 〈육체의 약속〉을 만들었다.

동아수출공사 영화의 원작자들 면면도 화려했다. 김동리, 이어령, 고은, 최인훈, 이청준, 최일남, 조해일, 박범신, 황석영 등의 원작이나 시나리오가 영화화됐고, 전속작가처럼 계속 우리와 함께한 작가로는 최인호, 김지헌과 같은 분들이 있었다.

1974년, 우리 영화계 최초로 미국 로케이션으로 촬영하며 새바람을 일으켰던 〈황혼의 맨하탄〉의 주연 양정화와 윤일봉, 1975년 〈애수의 샌프란시스코〉의 주연 양정화와 신영균은 여러 편에 기용된 스타였다.

또, 기라성 같은 스타들이 우리 영화의 주연으로 출연했다. 김수용 감독의 〈사랑의 조건〉에 윤정희와 신성일, 김호선 감독의 〈죽음보다 깊은 잠〉과 석래명 감독의 〈가을비 우산속에〉

에 출연한 정윤희, 변장호 감독의 〈을화〉에서 열연한 김지미와 백일섭, 김수용 감독의 〈웃음소리〉에 남정임, 이형표 감독의 〈그 여자 사람잡네〉에 유지인, 김자옥, 장미희, 신성일 등이 1970년대 우리와 함께한 큰 별들이었다. 신일룡, 황정리, 최윤석, 문성근, 원미경 등도 빼놓을 수 없는 인기 배우들이었다.

또, 장차 스타로 떠오를 신인들도 우리 영화를 통해 데뷔했다. 김기영 감독의 〈파계〉로 데뷔한 임예진은 1976년 문여송 감독의 '진짜진짜 시리즈'의 주역을 맡아 하이틴의 우상으로 성장했다. 1976년 〈진짜진짜 잊지마〉와 〈진짜진짜 미안해〉에서는 이덕화와 콤비를 이뤄 크게 히트했고, 1977년 〈진짜진짜 좋아해〉는 가수 김현과 같이 출연해 이 시리즈를 성공으로 이끌었다.

이후에도 동아수출공사 영화에서 스타로 떠오른 배우로는 안성기, 강석우, 장미희, 이미숙, 박중훈 등이 있다. 아울러 감독으로서는 〈장사의 꿈〉의 신승수 감독, 〈칠수와 만수〉의 박광수 감독이 신인감독상을 받고 재능을 인정받았다.

거장 감독으로 성장한 경우로는 〈적도의 꽃〉과 〈깊고 푸른 밤〉, 〈안녕하세요 하나님〉의 배창호 감독, 〈겨울 나그네〉로 신인감독상을 받으며 화려하게 데뷔한 곽지균 감독 등을 들 수 있다.

일본 신문사 한국 특파원들이 부임하면 꼭 만나는 인물로 꼽혔던 전옥숙 씨와 동아수출공사에서. 그의 아들이 홍상수 감독이다.

배창호 감독은 동아수출공사의 대표작을 가장 많이 만들었다. 특히 1985년작 〈깊고 푸른 밤〉은 동아수출공사를 대표하는 최고작이자 한국 영화사에 남을 명작으로 꼽힌다.

이 영화는 그해 일본 도쿄에서 열린 아시아태평양 국제영화제에서 최우수작품상을 수상했는데, 이는 신상옥 감독이 〈사랑방 손님과 어머니〉로 최우수작품상을 받은 이후 24년 만에 거둔 한국 영화의 쾌거였다.

화려한 수상 경력의 배창호 감독도 그의 선배인 이장호 감독의 〈바람 불어 좋은 날〉에서 조감독으로 입문했으니 그의 영화인생 역시 우리와 인연이 깊다고 하겠다.

그후로 1988년 〈칠수와 만수〉로 데뷔한 박광수 감독, 1996년 〈돼지가 우물에 빠진 날〉로 데뷔한 홍상수 감독 등도 모두 크게 성공한 감독들이다.

근래에 해외에서 인정받고 있는 홍상수 감독도 각별한 추억이 있다. 홍 감독의 어머니(전옥숙 대표)는 나보다 두 살 위였지만 1960년대부터 가까이 지낸 분이다. 그의 부군은 대한연합영화사 홍의선 사장이었는데, 일본 특파원들이 한국에 부임하면 전옥숙 씨를 가장 먼저 만나곤 했을 만큼 일본 영화통으로 유명한 분이었다.

어머니와 가깝다 보니 홍 감독의 데뷔작을 내가 맡게 되었는데, 그를 어린 시절부터 보아온 터라 "우선 세 작품까지는 시장성을 생각하는 작품을 하고, 그 다음에는 네가 하고 싶은 영화를 만들어보라"고 조언했다. 그러나 홍 감독이 첫 연출한 작품 〈돼지가 우물에 빠진 날〉은 내 조언과는 전혀 다른 영화였다. 당연히 흥행은 저조할 수밖에 없었다. 홍 감독의 어머니와 격의없는 사이라서 "나는 망하고 홍 감독은 대성했다"고 말해 웃었던 적이 있다.

아무튼 이 영화는 국내외 평단에서 극찬을 받았고, 홍 감독은 청룡영화제 신인감독상과 한국영화평론가협회상 신인감독상 등을 받았다. 특히 해외에서 더 주목받았다. 제42회 아시아태평양영화제 최고신인상(홍상수), 캐나다 밴쿠버국제영화제 용호상, 네덜란드 로테르담국제영화제 타이거상 등을 수상하며 장차 세계적인 감독으로 성장할 가능성을 보여주었다.

8

〈만추〉,
〈바람 불어 좋은 날〉로부터
〈깊고 푸른 밤〉까지

1980년대 영화계는 정치적 혼란 속에 침체기를 겪었다. 흥행 위주의 제작, 수입쿼터 확보를 위한 수준 미달의 작품 등 영화계 자체의 문제점들도 있었고, 정치적 혼란과 검열, 스크린쿼터제 등등의 규제에다 할리우드 영화를 필두로 한 외화 직배 압력 등 대외적인 영향도 영화계를 옥죄었다.

그러나 나는 우직하게 정도를 걸었다. 한때 허가된 20개 영화사만 영화를 제작할 수 있던 시절에 연간 3편의 의무제작 편수를 맞추기 위해 이름을 빌려주고 대명 제작하는 영화사들이 적지 않았다. 그러나 동아수출공사는 시류에 편승하지 않고 자체 제작 원칙을 지켰다.

아울러 감독과 작가, 배우 등 영화제작 · 출연진들에 대한 대우에도 서운한 소리가 나오지 않을 만큼 최선을 다했다. 제작비도 감독이 원하는 만큼 최대한 과감하게 지원했다.

훗날 "유명 감독 키운 대부 이우석"(중앙일보 1991. 10. 6)이라는 기사가 나왔을 정도로 그분들에게 최고의 대우를 아끼지 않고 좋은 작품이 나오도록 지원한 사실은 문화계가 인정해주었다.

그런 배경에는 창작자들에 대한 존경심이 있었기 때문이었다. 내가 가까이서 지켜본 영화인들은 때로는 괴팍하기도 했지만 열악한 환경 속에서도 자신의 길을 가는 순수한 사람들이었다. 무엇보다 천재적 재능을 지닌 분들이었다.

솔직히 평생 85편의 영화를 제작했어도 나는 시나리오를 제대로 정독한 적이 없었다. 기획과 제작을 맡은 실무자들의 검토 의견을 믿었고, 그후에는 감독과 만나 연출구상과 캐스팅 계획 등의 이야기를 들어본 다음 결정했다. 그리고 한 번 결정하면 감독을 믿고 기다렸다. 제작자란 자본을 투자하는 선에서 책임을 다하는 것이지 작품까지 관여해서는 안 된다는 철학이 있었기 때문이었다.

동아수출공사는 영화계 침체기로 불리는 1980년대, 이장호 감독의 〈바람 불어 좋은 날〉로 전성기의 신호탄을 쏘아올렸다. 이후 1985년 최인호 원작, 배창호 감독의 〈깊고 푸른 밤〉으로 국내외 영화제를 휩쓸면서 작품성과 흥행 양면에서 모두 성공을 거두었다. 그야말로 한국 영화사에 길이 남을 명작들이 탄생한 1980년대는 동아수출공사의 전성기라고 할 수 있었다.

나는 1980년대 성공의 시초를 〈바람 불어 좋은 날〉과 〈만추〉에서 찾는다.

현대 영화사를 말할 때 김지헌 각본, 이만희 감독의 1966년작 〈만추〉를 빼놓을 수가 없다. 문정숙, 신성일 주연의 이 작품은 영상미가 뛰어난 한국 영화의 수작으로 인정받았는데 불행하게도 필름이 유실돼 남아 있지 않았다. 예전에는 저작권이나 필름에 대한 인식이 낮아 대부분의 영화가 전국 순회를 마치면 폐필름 취급을 받던 시절이라 더욱 그랬다.

이 영화는 후에 몇몇 감독에 의해 리메이크되었는데, 1981년 김수용 감독이 동아수출공사에서 리메이크한 〈만추〉가 다시 관객들을 끌어모았다.

김혜자, 정동환 주연의 이 영화는 제21회 대종상 시상식에서 각본상(김지헌)과 촬영상(정일성)을 수상했고, 이어서 1983년 제2회 필리핀 마닐라국제영화제에 출품돼 김혜자 씨가 여우주연상의 영예를 안았다. 그 여파로 〈만추〉는 동남아 여러 나라에 수출돼 인기를 모았다.

그리고 영화제작사로서 동아수출공사의 진가를 보여준 작품이 이장호 감독의 1980년작 〈바

마닐라국제영화제
여우주연상의 김
혜자 씨와 김수용
감독.

람 불어 좋은 날〉이었다.

동아일보 논설위원을 지낸 언론인이자 중진작가인 최일남의 소설 〈우리들의 넝쿨〉을 원작으로 한 이 영화는 출연진만 해도 화려했다. 아역 출신이던 안성기가 성인배우로 데뷔해 주연을 맡았고, 김성찬, 이영호 주연에 최불암, 김희라, 유지인, 김영애, 박원숙, 김보연, 임예진 등 쟁쟁한 배우들이 출연했다.

이 감독은 이미 1974년 서울고 동창생인 최인호 원작의 〈별들의 고향〉으로 혜성처럼 데뷔했다. 단관 개봉시대에 46만여 명이라는 최다 관객수를 기록했고, 대종상 신인감독상을 거머쥐었다. 그러나 얼마 후 정부 규제로 긴 공백기를 가졌고, 〈바람 불어 좋은 날〉이 이 감독의 복귀작이었다.

그 당시 이 영화를 시작하면서 나는 이 감독에게 "앞으로 세 작품은 우리와 하자"고 약속했었는데, 이 영화가 성공을 거두고 나자 워낙 여러 영화사가 줄지어 기다리고 있어 이 감독이 나에게 "사정을 봐주시지 않으면 감옥에 갈 형편"이라고 양해를 구해 어쩔 수 없이 다른 작품들을 만들 수 없었던 뒷사정이 있었다. 공백기를 보낼 때 계약금을 받아둔 영화사들이 있었던 것 같았다. 전후 얘기를 듣고 나는 이 감독 형편대로 하라고 사정을 들어주었다. 말하자면, 성공작 몇 편을 놓친 셈이었으나 나는 욕심을 내려놓았다.

〈바람 불어 좋은 날〉은 1980년 정치 격변기에 제작·발표된 터라 여러 가지 어려움이 있었지만 서울 명보극장에서만 10만 관객을 넘길 만큼 크게 성공을 거두었다. 이 작품으로 이장호 감독은 재기에 성공했다. 또한, 이 작품은 동아수출공사에게 1980년대 전성기를 열여주는 신호탄과 같은 작품이 되었다.

제19회 대종상에서 감독상(이장호), 편집상(김희수), 신인남우상(안성기)을 수상했고, 제17회 백상예술대상 영화부문에서 대상과 작품상, 신인연기상(김성찬)을 수상했다.

이어서 우리는 청년문화의 기수로 이름을 날리던 최인호, 신예 배창호 감독 콤비와 함께 걸출한 작품들을 무대에 연속 올렸다.

1983년 베스트1에 올랐던 〈적도의 꽃〉은 안성기, 장미희, 신일룡, 나영희가 출연해 최인호-배창호 콤비의 상승세를 이어가게 한 작품이었다. 이 영화로 제22회 대종상에서 안성기는 남우주연상을, 장미희는 여우주연상을 받으며 두터운 팬층을 형성했다. 아시아태평양 국제영화제에서는 감독상을 받았다.

1985년 〈깊고 푸른 밤〉은 최인호, 배창호, 안성기, 장미희라는 최고의 앙상블이 꽃피워낸 멋

<깊고 푸른 밤> 중
의 한 장면.(사진·
한국영상자료원)

진 영화였다. 개인적으로는 우리 동아수출공사뿐만 아니라 내 영화인생에 있어서 최고의 걸
작이자 대표작이라고 할 수 있다. 예술성과 흥행이란 두 가지 측면에서 모두 성공한 최고작이
었고, 또 우리 영화사상 최초로 미국 올 로케이션으로 제작한 기념비적인 작품으로도 이름을
남겼다.

단관 개봉시대, 명보극장에서 49만 6천 명, 스크린쿼터 관계로 코리아극장으로 옮겨 누적 60
만 명이라는 역사상 최다 관객수를 기록했다.

<깊고 푸른 밤>은 그해 대종상영화제에서 영화부문 대상과 작품상, 감독상(배창호), 남우주
연상(안성기), 시나리오상(최인호), 촬영상(정광석), 조명상(김강일, 김동호)을, 한국영화평
론가상 최우수작품상, 제30회 아시아태평양 영화제(도쿄) 최우수작품상 등을 수상했다.

배 감독은 올 연초에 만난 자리에서 "동아수출공사의 장충동 시대는 영화의 명문 메이커로
등극한 시기였고, 영화인들한테 낭만이 살아 있던 시절이었다"고 회상했다. "단독주택 같은
장충동 사옥의 정원에 둘러앉아 작품에 대해 이야기하고 그 자리에서 영화화를 결정하던 그
때가 그립다"고 말했다.

왼쪽부터 김두호 스포츠서울 문화부장, 배우 안성기, 송혜선 태흥영화사 기획실장, 배우 오정해, 조관희 스포츠서울 국장, 조희문 영화평론가, 강한섭 서울예대 교수.

〈칠수와 만수〉에서 안성기와 명 콤비를 이룬 박중훈. 중앙은 곽지균 감독.

또, "미국서 올 로케이션으로 촬영할 때 이 회장님이 긴장을 풀고 시작하라며 관광을 하도록 하고 좋은 식사자리를 마련해주었고, '절대 기 죽지 말라'며 응원을 보내주었다"는 일화도 기억해내었다. 그리고 이 작품은 필름 현상까지도 현지에서 처리함으로써 세밀한 색감까지 살려내 완성도를 높였다.

개봉 첫날 이 감독이 설레는 마음으로 명보극장에 나가 보았더니 표를 사려는 관객들이 을지로 3가 파출소까지 장사진을 쳐 가슴이 뭉클했고 성공을 예감했다고 옛이야기를 들려주었다.

영국의 이코노미스트에서도 〈깊고 푸른 밤〉에서 '한국의 스필버그'를 발견했다는 기사를 실을 만큼 좋은 평가를 받은 영화였다.

이후로도 동아수출공사에서는 화제작이 줄지어 발표됐다. 신승수 감독의 〈장사의 꿈〉, 곽지균 감독의 〈겨울 나그네〉, 배창호 감독의 〈안녕하세요 하나님〉과 〈천국의 계단〉 등이 관객들의 사랑을 받았다.

〈장미의 나날〉, 〈그들도 우리처럼〉, 〈여자의 일생〉도 화제작으로 이름을 날렸고, 1988년 박광수 감독의 데뷔작 〈칠수와 만수〉는 지금도 우리 영화를 이야기할 때 반드시 거론되는 작품으로 남아 있다.

앞서 얘기했던 홍상수 감독의 1996년 작품 〈돼지가 우물에 빠진 날〉도 홍 감독뿐만 아니라 동아수출공사에도 영광을 안겨준 영화다.

1970년대에는 정부의 검열과 심의가 깊이 개입해 창의적인 표현이 자유롭지 못했다. 그러다 보니 검열을 피해가려고 가위질당할 우려가 적은 소재의 청소년 멜로물인 하이틴 영화가 붐을 이루어 우리도 문여송, 김응천, 석래명 감독들과 '진짜진짜 시리즈'를 비롯해 〈정말 꿈이 있다구〉, 〈이다음에 우리는〉, 〈당신만을 사랑해〉, 〈가을비 우산속에〉 등의 영화를 만들었다.

'코미디의 황제'였던 이주일 씨도 우리와 함께 영화를 만들었다.

그후로 액션과 애정, 그리고 소설을 원작으로 하는 문예물 등을 제작했다. 조해일 원작의 〈매일 죽는 남자〉, 이어령 희곡의 〈세번은 짧게 세번은 길게〉, 박범신의 〈풀잎처럼 눕다〉 등이 나왔다.

1980년대 '코미디의 황제'로 불렸던 이주일을 주인공으로 이형표 감독이 연출한 〈얼굴이 아니고 마음입니다〉도 화제를 모은 적이 있었다. 당시 이주일은 인기 절정일 때였는데, 여기저기서 영화 제의가 들어왔음에도 불구하고 "동아수출공사가 아니면 영화를 안하겠다"고 사양하고 우리와 손을 잡고 영화를 찍었던 뒷이야기도 잊을 수 없다.

영화제작자로서 보람 있는 일은 동아수출공사를 거쳐간 많은 감독과 배우들이 스타가 되고, 우리 작품들이 국내외 영화제에서 높이 평가받을 때였다. 그 영광의 순간들을 떠올리면 스크린 뒤편에서 묵묵히 수고해준 기획·제작·마케팅 등 임직원들의 열정 또한 잊을 수 없고 두고두고 고맙게 생각한다.

영화계 인사들은 나에게 "그 시끄러운 영화판에서 어떻게 한 번도 시비에 휘말리지 않고 조용히 지내셨느냐"고 묻곤 한다. 나의 답변은 간결하다. 언제나 내가 양보했기 때문이다. 이권 다툼의 소지가 있을 때마다 욕심을 내려놓고 양보를 선택했기에 동아수출공사가 불화에 휘말리지 않고 정도를 걸어올 수 있었던 것이다.

그런데 1975년 7월, 영화계를 떠들썩하게 한 큰 사건이 터졌다. 문공부가 주관하는 우수영화 선정과 외화검열을 둘러싸고 투서와 진정이 그치지 않자 검찰이 나서서 비리를 조사한 사건이었다.

정부의 허가를 받은 12~20개 영화사만 활동하던 시기, 영화사는 연간 3편의 의무제작 편수를 지켜야 했고, 이가운데 우수영화에 선정된 회사에게 1편의 외화 수입쿼터를 배정하는 규정이 있었다.

당시에는 외국 영화 한 편만 잘 들여오면 큰돈을 버는 구조였기 때문에 영화사들이 외화 쿼터에 사활을 걸다시피 했다. 따라서 우수영화 선정과정에 잡음이 적지 않았고, 이 문제로 모함과 투서가 그치지 않았던 것이다.

이때 기소된 영화계 인사로는 영화감독 겸 제작자 신상옥(신필름), 김태수(태창흥업) 사장 등이 있었고, 본인 역시 이 사건에 연루되어 검찰 조사를 받게 되었다. 또한 몇 명의 문공부 직원들도 법정에 서게 되었다.

재판 결과, 신상옥 감독과 김태수 사장이 실형을 선고받아 법정구속 되었고, 본인은 무죄 판결을 받았다.

그해 8월, 서울지방법원에서 무죄 판결을 받고 나서 나는 법원 옆의 대검찰청을 찾았다. 법원과 검찰청이 덕수궁 옆 서소문동에 있던 시절이었다. 당시에 나는 성산이씨 화수회 부회장이었고, 회장이 이영환 대검차장이었는데 이분이 나에게는 할아버님뻘 되는 관계라서 인사차 찾았던 것이다.

그런데 대검찰청 복도에서 나를 조사했던 김모 검사와 마주치게 되었는데 그 검사가 놀란 얼굴로 "아니, 이우석 씨가 여긴 왜 오신 거요?" 하고 묻는 것이었다. 나는 사실 그대로 "대검차장님이 우리 집안 어른이시라 인사나 드리려고 온 것"이라고 답했다. 그러자 그는 눈을 동그랗게 뜨며 "아니, 대검차장님하고 아는 사이라면 왜 조사할 때 말하지 않은 거요?"라며 어이없다는 표정을 짓는 것이었다.

당시만 해도 그 정도의 고위인사를 안다고 하면 대단한 '빽'으로 통하던 시절이라서 남들은 사돈의 팔촌까지 들먹이는 판국인데, 대검차장과 인맥이 있다는 사실도 꺼내지 않은 내가 오히려 이상한 사람으로 보였던 것이다.

나는 영화 일이든 무슨 일이든 일평생 윗사람을 찾아다니며 청탁하거나 부탁하지 않고 살았다. 더욱이 이 사건 역시 한 점 부끄럼이 없었기 때문에 인맥을 팔거나 따로 구명운동을 할 필요도 없었다.

아무튼 본인은 무죄 판결을 받아 더이상 고초를 겪지 않았으나 우리 영화계 거장이던 신상옥 감독은 이 사건의 여파로 영화사 문까지 닫게 되었고, 1978년 북한의 최은희·신상옥 납치사건이라는 불행한 일로 이어지고 말았다.

나는 1973년 첫 영화를 시작으로 2011년 야구의 전설인 최동원과 선동렬 스토리를 담은 박희곤 감독의 〈퍼펙트 게임〉까지 모두 85편의 영화를 제작했다.

영화제에서 상을 받았든 안 받았든, 또 흥행에 성공을 거두었든 아니든 간에 한 편 한 편에 나의 땀과 혼이 담겼다고 해도 과언이 아니다.

맨 처음 영화 제작을 시작할 때 크레딧에 '이우석' 이름 석 자가 나오는 작품 100편을 하겠다는 꿈은 다 이루지 못했지만 내가 제작한 85편은 60여 년 영화인생의 보람이요 기적이다. 그리고 '일본을 뛰어넘는 영화를 만들겠다'던 포부도 성취했다고 자부한다.

이 모든 것이 그야말로 '무에서 유를 창조한' 기적 같은 일이었다. 나와 함께 고생했던 동아수출공사 가족들에게 감사하게 생각한다. 아울러 그 세월 속에서 이룩한 영광들은 나 혼자만의 것이 아니라 우리 모두의 것이었다는 사실을 여기에 밝혀둔다.

동아수출공사는 우리 영화사에
전무후무한 기록들을 남겼다.
도쿄영화제에서 수상한 '문부대신상'도
우리가 유일하다.

Part 3
스타와 함께 영화와 함께

홍콩 영화 전성시대,
이소룡에서 성룡으로

1970~80년대 우리나라에서는 왕우, 이소룡에 이어 성룡, 임청하, 이연걸, 왕조현, 주윤발, 장국영으로 이어지는 홍콩 스타 붐이 일어났다.

동아수출공사는 홍콩의 골든하베스트 레이몬드 초우 회장, 팽장귀 감독 등을 파트너로 홍콩 영화를 국내에 독점 공급했다. 그리고 영화진흥공사 홍콩지사 인수를 계기로 골든하베스트와 〈사망탑〉 등 한-홍콩 합작영화를 제작, 배급하면서 무명의 성룡을 스타로 성장시켰다.

왼쪽부터 골든하베스트의 레이몬드 초우 회장, 본인, 하관창 부회장. 골든하베스트는 우리와 합작영화를 제작하는 등 긴밀히 협력했다.

성룡과 레이몬드 초우 회장. 성룡은 신인시절 촬영차 방한해 나와 인연을 맺게 되었다.

왼쪽부터 화교2세인 팽장귀 감독과 성룡.

홍콩에서 레이몬드 초우 회장과 함께.

홍콩에서 만찬 중에. 성룡은 자신을 키워준 나를 아버지처럼 대했다.

영화 〈성룡의 CIA〉에서 성룡이 타던 미쓰비시 랜서를 선물로 받아 제주도
신영영화박물관에 기증해 전시되고 있다.

성룡에게 선물 받은 승용차를 신영영화박물관에 기증하면서
가족들이 함께 참석했다(2008년).

왼쪽부터 신영균 이사장, 신 이사장 아들(신언식), 성룡, 본인, 김창환
명보극장 사장, 이권석 상무.

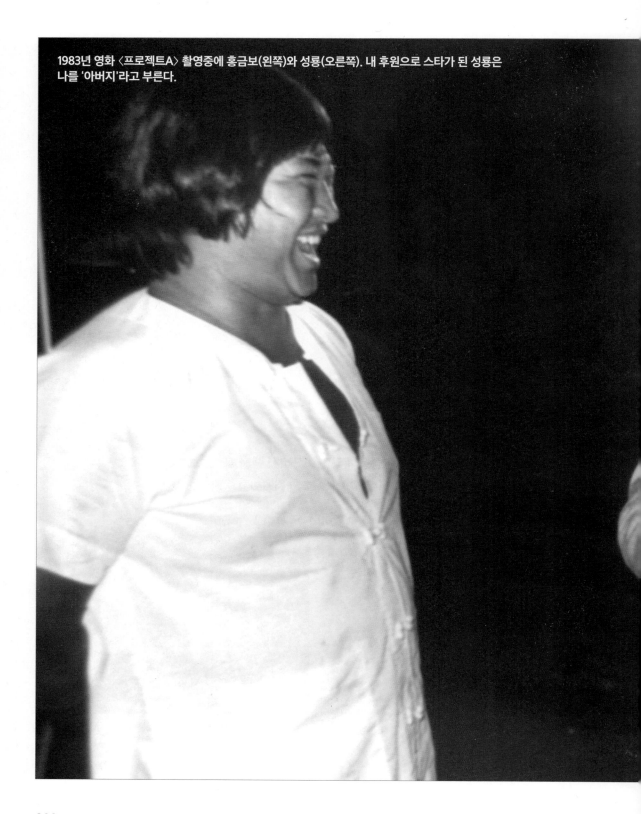

1983년 영화 〈프로젝트A〉 촬영중에 홍금보(왼쪽)와 성룡(오른쪽). 내 후원으로 스타가 된 성룡은 나를 '아버지'라고 부른다.

홍콩 재계 거물들 초청, 우의 다져

이소룡 사후, 동아수출공사가 성룡을 뉴 스타로 키움으로써 우리와 홍콩의 협력관계가 더욱 돈독해졌다. 이에 1987년 홍콩의 골든하베스트 레이몬드 초우 회장, 캐세이퍼시픽항공 회장, 샹그릴라호텔 궈허넨 회장을 서울로 초청해 우의를 다지는 기회를 만들었다. 아마 세 사람이 한자리에 모이는 것도 쉽지 않은 일이었고, 나의 초청에 응해준 것도 고마운 일이었다.

왼쪽부터 캐세이퍼시픽항공 회장, 샹그릴라호텔그룹 궈허넨 회장,
골든하베스트 레이먼드 초우 회장을 서울로 초대했다.

왼쪽 두 번째부터 골든하베스트 레이몬드 초우 회장, 이규광 회장, 캐세이퍼시픽항공 회장, 통역을 맡은 팽장귀 감독.

왼쪽부터 캐세이퍼시픽 회장, 본인, 레이몬드 초우 회장.

초청 손님과 함께 4박 5일간 신라호텔 스위트룸에 같이 묵으면서 친목을 다졌다.

홍콩에서 레이몬드 초우 회장, 성룡, 임직원들과 만찬.

레이몬드 초우 회장 부부와 함께(2008년).

골든하베스트 초청으로 홍콩을 방문하여 레이몬드 초우 회장과 우리 가족이 함께.

레이몬드 초우 회장과 아들 이호성
(현 동아수출공사 사장) 내외.

만찬 참석자들이 싸인해 간직한
샹그릴라호텔 기념 메뉴판.

골든하베스트 영화사 임원들과 함께.

팽장귀 감독과 골든하베스트 직원들.

홍콩에서 레이몬드 초우 회장과 영화인들(2008년).

성룡과 매니저와 함께.

영화 수출입으로 오랜 인연,
대만의 고인하 사장

대만에 살던 길영빈 씨, 또 강범구 감독과 미국으로 가발 수출업을 하던 왕위군 씨 소개
로 대만의 고인하 씨를 파트너로 만나 영화 수출입 비즈니스를 했다.
고 사장에게 〈미워도 다시 한번〉 2~4편을 넘겨줘 크게 성공했고, 나는 그가 추천한
〈판관 포청천〉을 방영해 온 국민들로부터 선풍적인 인기를 끌었던 기억이 지금도 생생
하다.

1994년, 전국에 〈판관 포청천〉 열풍을 일으켰던 포청천 역의 금초군(오른쪽 두 번째)과 고인하(맨 왼쪽) 사장.

왼쪽부터 왕사성 씨, 고인하 사장 부부(중앙)와 함께(2012년). 지금도 양가 가족들까지 가까이 지내는 사이다.

근 60년간 동반자로 일해온 고인하 사장은 지금도 연락을 주고받는다. 나보다
한 살 아래지만 나를 일본말로 '아니키(형님)'라고 부른다.
사진은 1960년대 중반 모습.

왼쪽부터 우리 부부와 큰딸, 고인하 사장의 어머니와 부인, 강범구 감독 부인. 고 사장 가족이 아르헨티나로 이민 가는 길에 한국을 방문했다.

중국·대만 사태로 이민을 떠나는 고 사장 가족을 동부이촌동 집으로 초대했다.

김동호(맨 오른쪽) 부산국제영화제 집행위원장과 함께.

고인하 사장 가족들. 그는 지금 미국에서 살고 있다.

학창시절의 내 아들(이호성)과 고인하 사장네 남매.

이소룡 촬영중 사망,
당룡 발탁해 〈사망유희〉 완성

인기 절정의 이소룡이 1973년 32살이란 이른 나이에 사망함으로써 촬영중이던 영화 〈사망유희〉는 미완의 유작이 되고 말았다.

골든하베스트로부터 대역을 찾아달라는 요청을 받고 나는 한국의 당룡(김태정)을 발굴해 2년 넘게 연기와 무술을 익히도록 하고, 그에게 이소룡 대역을 맡겨 이소룡이 세상을 뜬 지 5년 만에 〈사망유희〉를 완성하고, 그 속편 〈사망탑〉의 주연배우로 기용했다. 1981년엔 우리가 만든 영화 〈아가씨 참으세요〉에서 주연을 맡게 하는 등 적극 후원했으나 그는 몇 년 뒤 미국으로 떠나며 등을 돌리고 말았다.

동아수출공사가 이소룡 영화를 완성했다는 사실은 우리 영화사에 남을 만한 기념비적인 기록이다.

이소룡 사후 5년 만에 완성한 〈사망유희〉.
한국과 일본에서도 크게 히트했다.
(사진·한국영상자료원)

김태정은 이소룡을 좋아하던 가난한 청년이었다. 그를 발탁해 홍콩으로 보내
연기와 무술을 배우게 한 다음 이소룡 대역의 당룡으로 키웠다.

홍콩 촬영장에서.

동아수출공사 사무실에서 당룡과 함께.

홍콩 시내에서.

당룡은 홍콩 영화에 화려하게 데뷔하는 행운을 누렸으나 나를 등지고 떠난 뒤 2011년 안타깝게 55세로 눈을 감았다.

홍콩에서.

김양삼(맨 오른쪽) 경향신문 문화부장 등과 같이.

성룡, 동아수출공사와 함께 쿵후 스타에 등극

동아수출공사는 골든하베스트와 함께 성룡을 쿵후 스타로 성장시켰고, 홍콩 영화는 우리가 독점 공급했다. 1979년 〈취권〉을 들여왔으나 1년에 4편 제한 정책으로 우리에게 쿼터가 없어 연방영화사(사장 최춘지)에게 넘겨주었다.

이 영화는 1979년 9월 추석특선으로 서울 국도극장에서 개봉, 서울에서만 89만9천 명이란 대기록을 세우며 히트했다. 이후 성룡은 스타로 떠올랐고 코미디 쿵후가 인기가도를 달렸다.

홍콩에서 성룡과 함께.

우리나라에 홍콩 무술영화 붐을 일으켰던 작품은 원화평 감독의 〈취권〉이었다.
성룡, 원소전, 황정리 등이 주연으로 활약한 이 영화는 성룡이 스타로 성장하는 결정적인
계기가 됐다.

〈용형호제〉와 〈취권2〉 포스터(사진·한국영상자료원). 〈취권2〉는
동아수출공사가 개봉했다.

홍콩에서 골든하베스트의 성룡 스태프들과 함께.

〈취권〉 시나리오를 쓴 오사원 감독과 동아수출공사 사무실에서.

성룡, 홍금보와 동아수출공사 임직원들. 왼쪽부터 부산지사장을 지낸 친구 김철오, 이권석 상무, 박명하 부산지사장, 홍금보, 본인, 성룡, 부산 제일극장 박효근 사장.

홍금보와 함께. 1980년대 중반 모토로라 휴대폰을 쓰고 있는 본인.
일명 '벽돌 핸드폰'이라 불렀다.

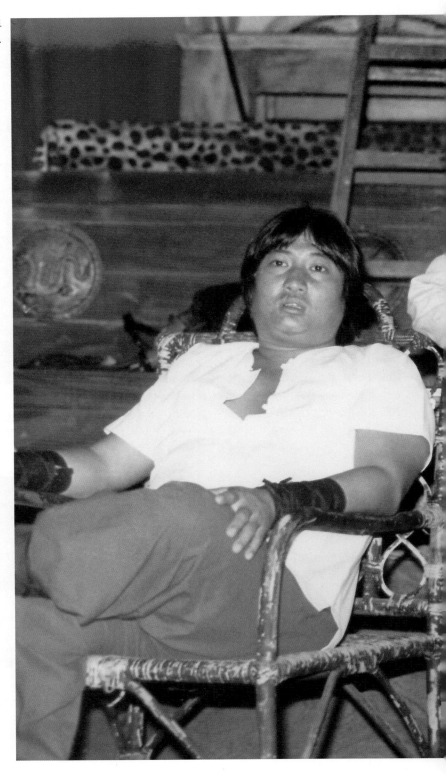

코미디 쿵후라는 새 장르로
인기몰이를 한 홍금보(왼쪽)와 성룡.

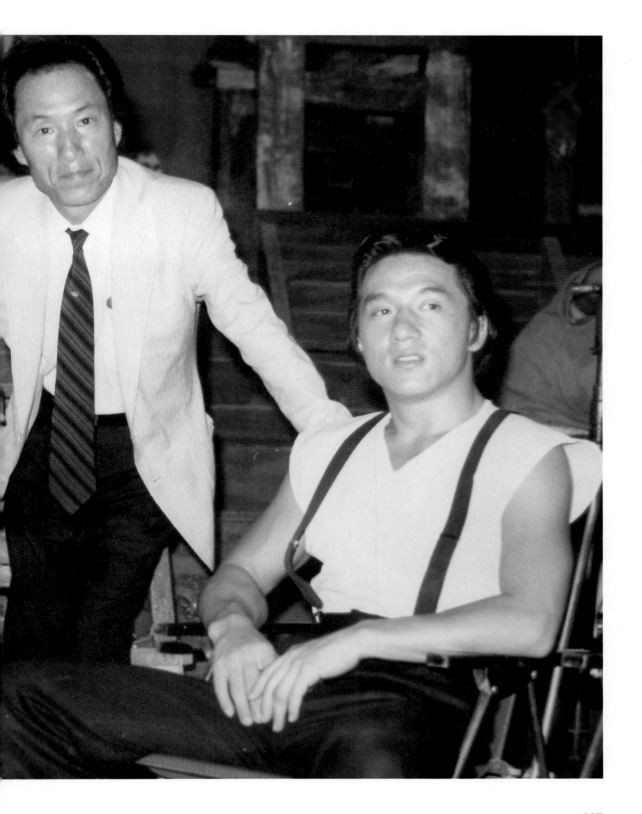

〈오복성〉 홍보차 성룡과 홍금보가 내한, 기자회견을 갖고
문화부 기자들과 같이(1984년).

訪韓記者会見

스카라극장

(사진·한국영상자료원).

〈성룡의 미라클〉 개봉을 앞두고 서울 충무로 스카라극장의 기자회견장에 들어가는 성룡을 보려고 모인 인파.

동아수출공사가 직영하던 서울 강남역 소재 동아극장에도 표를
구입하려는 시민들이 장사진을 이루고 있다.

팽장귀, 성룡과 영화 시사회장에서.

영화 〈미라클〉 홍보를 위해 내한한 성룡이 88서울올림픽 주경기장을 둘러보고 있다.

앞줄 왼쪽 두 번째부터 최동욱(동아방송), 김양삼(경향), 지종학(시사통신), 성룡, 본인, 이상벽(주간경향),
뒷줄 세 번째부터 신정철(한국경제) 기자와 송재홍 제작자협회 전무 등.

아시아 스타를 넘어 세계적인 스타로 떠오른 성룡. 그는 이제 '청룽'

'재키 챈(Jackie Chan)'으로 불리며 할리우드와 영미권으로 진출했다.

앞줄 왼쪽부터 안병균 나산그룹 회장, 본인, 김동건 아나운서, 한상봉 화백, 뒷줄은 쌍룡 사장, 성룡, 한국일보 사장.

성룡과 스태프들과 함께. 앞줄 맨 왼쪽은 성룡의 부친.

성룡의 〈대병소장〉에 출연했던 가수 유승준(오른쪽 두 번째). 북경에서.

배우 홍금보와 우리 가족이 함께.

홍콩에서 성룡 부친과 함께.

이호성 사장, 성룡과 매니저.

온 국민의 심금을 울린 드라마
〈판관 포청천〉

송나라의 명판관 '포증'을 소재로 한 대만 드라마 〈판관 포청천〉을 들여와 1995년 KBS 2TV에서 방영, 시청률 50%가 넘는 큰 인기를 끌며 포청천 신드롬을 일으켰다.

그러나 수입 초기에는 이를 방영할 방송사가 없어 마음고생이 많았다. 나는 당시 박관용 청와대 비서실장에게 비디오를 주면서 "이 비디오 보시고 YS(김영삼 대통령)가 이대로만 정치하시면 반드시 성공한 대통령이 될 것"이라고 했던 에피소드가 있다.

이 드라마 하나로 국민들을 얼마나 기쁘게 했던가를 생각하면 지금도 미소가 지어진다.

방한한 배우 금초군(맨 오른쪽)과 고인하 사장.

김운용 세계태권도연맹 총재가 포청천과 악수하고 있다.

〈포청천〉 홍보행사에 참석한 유명 인사들. 김운용 총재와 이기택, 신상우,
문희상 의원들 모습이 보인다.

대만 스튜디오에서 고인하(왼쪽 두 번째) 사장과 포청천 역의 금초군(네 번째) 등
주인공들과 함께.

왼쪽부터 김덕룡 의원, 포청천, 김재기 전 외환은행장.

매주 금요일이면 드라마 여파로 시내거리가 텅 비었을 정도로 인기가 높았다.

왼쪽 두 번째부터 '여의도 포청천'으로 불렸던 문희상 의원, 이기택 의원, 김옥선 의원.

포청천 역의 금초군과 민관식 전 장관.

고인하 사장, 금초군과 강남 동아극장 앞에서. 35부작 〈포청천〉은 2년간 방영됐다.

지금도 사랑받는 고전 명작들

동아수출공사가 수입한 외화는 총 2백여 편 되는데, 정확히 셀 수 없을 정도다. 특히 초창기에 들여온 외화 중에는 지금도 영화팬들에게 회자되고 있는 고전 영화들이 많다. 1960년대 초 〈물망초〉를 시작으로 〈해바라기〉, 〈노틀담의 꼽추〉, 〈길은 멀어도 마음만은〉, 〈태양은 가득히〉, 〈전쟁과 평화〉 등은 제목만 들어도 그 시절 감동이 되살아나는 명화들이다.

(사진·한국영상자료원)

외화 수입선이 있던 일본과 홍콩을 자주 다니던 시절의 본인. 오른쪽은 문공부에 있던 부산 친구 김경래.

내가 '007 시리즈'를 독점으로 공급하자, 시드니영화제 마치고 돌아오는 비행기 안에서 모 영화사 K사장이 나한테 불만을 터뜨리는 소동이 벌어졌다. 마침 퍼스트클래스 뒷좌석에 앉아 있던 김운용 총재가 나를 알아보고 '이 사장, 무슨 일이냐'며 말려 더 큰 불상사가 일어나지 않았던 해프닝이 있었다.

일본 도쿄 도에이극장 앞에서.

젊은 시절, 영화 수출입과 국제영화제 참석으로 해외출장이 많았다.

기획상무로서 나를 도왔던 동생 이권석과 같이 출장중에(1984년).

1964년 대만 국제영화제 참석차
첫 여권을 낸 이래 수백 회의
해외출장을 다녔다,

〈늑대와 춤을〉, 〈원초적 본능〉 등
수입외화만 2백여 편

동아수출공사는 1960년대 초부터 유럽 문예 영화, 홍콩 무협과 액션, 또 할리우드의 서부극과 로맨스, 블록버스터급 어드벤처 등 2백 편이 넘는 외화를 수입, 소개했다. 그가운데는 국제영화제 수상작을 비롯해 마니아들에게 진한 감동을 안겨준 화제작들이 많아 극장가에 여러가지 진기록을 세우기도 했다.

(사진·한국영상자료원)

미국을 방문해 케빈 코스트너를 만났다.

케빈 코스트너의 〈늑대와 춤을〉은 1991년 대한극장에서 3개월 넘게 장기상영 하며 서울서만
관객 98만5천 명을 기록했다. 러닝타임은 무려 180분. 중간휴식 없이 상영해도 자리를 뜨는 사람이
없었다. 특히 상영 도중 아카데미 7관왕 수상 발표가 나자 관객들이 더 몰려와 대성공을 거두었다.

1991년 청룡영화제에서
최우수외국영화상을 받았다.

본인과 케빈 코스트너, 이호성 사장.

〈다이하드〉의 브루스 윌리스와 함께.

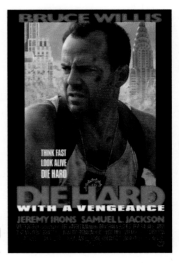

브루스 윌리스는 〈다이하드〉로 1980~90년대
블록버스터 액션 영화의 대스타가 됐다.

세계적 배우 안소니 퀸과 함께.

벨기에 출신의 미국 배우 장클로드 반담과 함께.

부산 제일극장 박효근 사장과 라스베이거스
의 플래닛 할리우드에서.

왼쪽부터 레이몬드 초우 골든하베스트 회장, 배우 장미희, 스필버그 감독, 배우 김지미, 제프리 카젠버그 대표.

할리우드의 거장 스티븐 스필버그 감독, 흥행의 귀재 제프리 카젠버그 드림웍스 대표가 1995년 11월
방한해 한국과 홍콩 영화 관계자들과 함께 종합영상산업에 대해 협의했다.

인천공항에서 왼쪽부터 제프리 카젠버그 대표, 이미경 CJ그룹 부회장,
본인, 스티븐 스필버그 감독.

왼쪽이 제프리 카젠버그 대표, 오른쪽이 스필버그 감독.

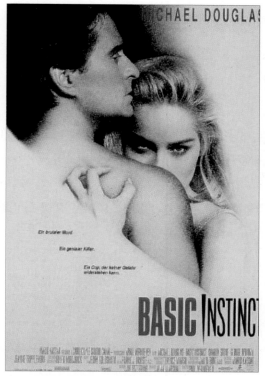

〈원초적 본능〉원작 포스터. 마이클 더글러스와
샤론 스톤 주연이다.

칸영화제 개막작인 〈원초적 본능〉이 1992년 5월 개봉돼 서울서 97만 명,
전국 200만 관객수를 기록, 그해 흥행 1위를 기록했다.

한국이 뿌리인 일본 국민배우
다카쿠라 켄 초청

일본 대중문화에 대한 개방조치가 내려지며 1990년대 말부터 제한적이나마 영화가 수입되기 시작했다. 동아수출공사도 몇몇 작품을 들여왔으나 국민들 호응을 얻지 못해 손해를 보았다.

일본 국민배우로 존경받는 다카쿠라 켄(1931~2014) 주연의 영화 〈호타루〉 등은 그나마 선전한 편이었다.

한국과 일본의 국민배우가 신라호텔에서 함께 만났다. 맨 왼쪽이 안성기, 맨 오른쪽이 다카쿠라 켄.
그는 교포 출신으로 한국이 뿌리이다.

후루하타 야스오 감독의 〈호타루〉.
(사진·한국영상자료원)

2004년 일본 흥행 1위의 〈세상의
중심에서 사랑을 외치다〉. 유키사다
이사오 감독 작품.

도이 노부히로 감독의 〈지금 만나러
갑니다〉.

일본 도에이 영화사 송년파티에서. 오른쪽은 오히라 전 수상의 고종사촌으로 나에게 많은 도움을 준 일본 친구다.

아시아 최대 규모,
첨단설비의 넥스트 스튜디오 개관

동아수출공사의 넥스트 스튜디오 인천이 2022년 5월 2일 개관했다.
인천광역시 중구 항동에 위치한 이 스튜디오는 아시아 최대 규모로서 영화 · 방송 제작환경에
최적화된 첨단 촬영설비를 갖추었다.

넥스트 스튜디오는 1,700평 대지에 500평형 촬영장 2개동(A, B동),
300평형 크로마키 촬영장 1개동(C동)이 있고, 스태프실과 분장실, 숙소 및 카페테리아
등 부대시설까지 갖추고 있다. 동양 최대규모의 스튜디오는 내 영화인생의 대미를
장식하는 마지막 사업이다.

넥스트 스튜디오 임직원들과 함께.

이호성 대표와 함께 스튜디오 정문 앞에서.

▲ A동 스튜디오 내부.　　　　　　　　　　　　　　　　　　　　　　　　　　▼ C동 스튜디오 내부.

개인 분장실.

단체분장실.

스태프실.

2층 테라스.

2층 카페테리아.

AI 로봇 커피머신.

2022년 5월 2일 개관식 전경.

김동호 강릉국제영화제 이사장.

박남춘 인천광역시장.

본인의 인사말씀.

이호성 동아수출공사 대표이사.

왼쪽부터 김정부 회장, 이정익 회장, 서종환 전 문화회장, 김동호 이사장, 허만일 전 문체부차관, 본인, 이윤기 해외한민족연구소장, 이만우 미국 밀러스빌대 교수.

시공사 서흥종합건설 서영석 대표이사에게 감사패.

왼쪽부터 박남춘 인천시장, 본인, 이호성 대표.

왼쪽부터 김두호 인터뷰365 발행인과 이상열 회장.

왼쪽부터 이영우 전 대전국세청장, 유한섭 전 신세계백화점 사장과 허동균 회장.

성산이씨 서울화수회. 왼쪽부터 이천석 부회장, 이태민 감사, 이익상 사무총장, 이원석 부회장, 본인, 이재복 고문, 이양희 부회장, 이우영 회원.

이정익 회장(왼쪽)과 한진섭 회장.

세계통합무술연맹 진종오 총재(왼쪽 두 번째)와 김용호 총재(네 번째), 임원들.

왼쪽부터 신흥래 작가, 본인, 이호성 대표, 유수왕 변호사.

성주향우회 내빈들. 왼쪽부터 문일환, 배현희, 김정해, 본인, 이양희, 김명숙, 정해목, 송국재 님.

문공회(현 문화회) 회원들. 왼쪽부터 김정부 회장, 김동호 이사장, 본인과 이호성 대표, 서종환 회장, 오지철 전 문공부차관.

왼쪽부터 안태근 한국 다큐멘터리학회장, 이호성 대표,
이두용 영화감독, 정장환 회장.

이해룡 회장(오른쪽 두 번째) 등 연기자협회 내빈들.

지난 7월 귀국해 스튜디오를 방문한 김지미 이사장과 함께.

왼쪽부터 이태민 감사, 본인, 이심 이사장, 최문휴 회장.

크로마키 스튜디오에서 왼쪽부터 김연조 회장, 방송인 이상벽과 본인, 김시열 회장, 신흥래 작가, 이호성 대표.

장충극장 개관식에서 테이프 커팅하는 내빈들. 왼쪽 두 번째부터 신동욱 전 의원, 김형경 의원, 나의 선친, 우리 부부, 이태원 태흥영화사 사장.

1987년, 서울 중구 장충동에 장충극장을 준공, 개관했다.

장충극장 앞에서.

1   홍콩 영화 전성시대

1970년대 동아수출공사는 해마다 5편 내지 9편의 영화를 제작하리만큼 메이저급 영화사로 발돋움하며 사세를 확장해 나갔다. 당시는 강화된 검열로 인해 창작활동이 제약을 받던 시기라서 대부분의 영화들이 멜로물이나 원작소설 기반의 향토색 짙은 문예물이 주류를 이루었다. 그러다가 1970년대 중반 동아수출공사가 문여송 감독과 손잡고 만든 '진짜진짜 시리즈'가 히트하면서 하이틴 영화 붐이 일어났다.

이와 함께 동아수출공사는 독보적인 수출 라인을 기반으로 여러 영화사들이 의뢰하는 작품들까지 포함해 연간 20~30편에 달하는 작품들을 해외로 수출했다.

1950~60년대 외화는 대부분 일본을 통해서 들어왔는데, 1970년 전후로는 홍콩과 대만 등으로 수입선이 확대되면서 동남아 작품들이 국내에 들어오게 되었다. 이가운데 홍콩 영화가 서서히 인기를 끌면서 그 비중이 점차 높아지는 추세였다.

1960년대만 해도 홍콩 영화는 우리보다 작품 수준이 떨어졌고 제작 편수도 많지 않았다. 그러나 강범구, 정창화 감독 등 우리나라 감독들이 홍콩에 진출해 활동하고, 우리 액션 배우들도 그곳에서 연기활동을 하면서 국내로 들어오는 홍콩 영화가 늘어났다. 또한, 한국에서 홍콩 무협 영화가 인기를 끌자 한-홍콩 합작영화들이 연속으로 제작되었다.

동아수출공사는 1967년 〈여걸비호〉, 1969년 왕우 주연의 〈단장의 검〉을 수입한 뒤 몇 년간 휴지기를 가졌다가 1971년부터 〈왕우의 혈투〉, 〈14인의 여걸〉 등을 들여와 상영했다.

이렇듯 우리나라에서 홍콩 영화의 인기가 높아가던 중 이소룡이라는 대스타가 등장하면서 홍콩 액션영화의 황금기가 막을 올렸다.

골든하베스트의 〈당산대형〉, 〈정무문〉 등에 출연하던 이소룡은 자신이 협화전영공사를 설립해 직접 제작에 나서 1972년 〈맹룡과강〉을 만들었다. 동아수출공사는 1974년 이 영화를 수입해 개봉했다.

〈사망유희〉에서 연기하는 이소룡(왼쪽).(사진·한국영상자료원)

하지만 이소룡의 영화사가 크게 성공하지 못하자 자체 제작을 중단한 뒤 미국 워너브러더스와 손잡고 1973년 로버트 클라우스 감독의 〈용쟁호투〉를 내놓으면서 전 세계에 '블루스리' 열풍을 일으켰다.

그러나 안타깝게도 인기 절정의 이소룡은 1973년 7월 32살이란 이른 나이에 갑자기 세상을 떴다. 그리고 촬영중이던 영화 〈사망유희〉는 미완의 유작이 되고 말았다.

2 이소룡 유작 〈사망유희〉, 당룡 발탁해 완성

1973년 7월 20일, 이소룡의 죽음은 충격적인 비보였다. 만 32살이란 한창 나이에 갑자기 숨을 거두었으니 팬들은 물론 영화계가 받은 충격도 너무 컸다. 우리 동아수출공사는 홍콩 골든하베스트와 계약해 〈사망유희〉를 제작 중이었으므로 마른하늘에 날벼락이 아닐 수 없었다. 장례 등 사태를 추스른 후 골든하베스트의 레이몬드 초우 회장은 영화를 완성하기 위해서는 대역을 찾아야겠는데, 홍콩에는 이소룡을 대신할 배우가 없으니 한국에서 발굴해 달라고 나에게 부탁했다.

그 부탁을 받고 여기저기 수소문 끝에 찾아낸 이가 김태정이었다. 이소룡 팬이었던 그 친구는 부산에서 사는 가난한 청년이었다. 무술에 적합한 체구에다 무엇보다 얼굴형이 이소룡과 비슷해 내 눈에 들었다. 아무리 대역배우지만 그는 일생일대의 행운을 만난 셈이었다.

동아수출공사에서는 모든 비용을 대면서 김태정을 키웠다. 예명도 홍콩식 이름으로 당룡이라고 지었다. 서울에서 어느 정도 트레이닝한 다음 그를 홍콩으로 보내 2년 넘도록 무술을 수련하고 연기를 익히도록 했다.

그런 다음 그에게 이소룡 대역을 맡겨 1978년 〈사망유희〉를 완성했다. 이소룡이 세상을 뜬 지 5년 만에 영화가 빛을 보게 된 것이었다.

이소룡의 유작이 세상에 나오자 홍콩과 한국은 물론 세계 영화 팬들의 관심이 집중됐고, 당룡은 언론의 스포트라이트를 받았다. 일본에서도 크게 히트했다.

이후 그를 골든하베스트와 우리의 합작영화 〈사망탑〉의 주연배우로 기용했다. 강범구, 오사원 감독이 공동 연출한 이 영화는 한국에서는 1980년 3월에, 홍콩에서는 1981년 3월에 개봉됐다.

1981년엔 동아수출공사가 만든 우리 영화 〈아가씨 참으세요〉에서 정윤희와 주연을 하는 등 당룡을 적극 밀어주었으나 몇 년 뒤 마음을 바꿔 미국으로 떠나면서 나에게 등을 돌리고 말았다.

당룡은 이소룡의 후광을 받아 홍콩과 미국에서 몇 편의 영화에 출연하는 등 활동하다가 성공하지 못하고 한국으로 돌아와 2011년 향년 55세로 허무하게 세상을 뜨고 말았다.

3 홍콩 영화 독점공급과
성룡 스타 만들기

성룡은 신인시절 한국을 자주 찾았다. 1960년대 말부터 1980년대 중반까지는 한국과 홍콩 합작영화가 많았는데, 그도 1970년 즈음 촬영차 한국에서 약 2년간 머물렀다.

나와 골든하베스트와의 인연도 있지만 나는 성룡을 물심양면으로 도와주었다. 무명시절이었으니 여러 가지 어려움이 있었을 때인데 내가 전폭적으로 도와주니 그는 나를 은인처럼 여겼다. 훗날 성룡은 나를 '아버지'라고 부를 정도로 우리 둘은 아주 가까운 사이였다.

1979년, 성룡 주연의 〈취권〉을 들여오게 됐다. 〈사망탑〉의 오사원 감독이 제작, 각본을 맡고 원화평 감독이 연출한 영화였다. 개인적인 친분을 떠나 동아수출공사는 이미 1960년대부터 골든하베스트 레이몬드 초우 회장과 팽장귀 감독 등을 파트너로 홍콩 영화를 국내에 독점 공급하고 있어서 이 영화도 우리가 수입했다.

그런데 예상치 못한 문제가 생겼다. 당시는 1년에 외화 4편 제한 정책으로 인해 우리에게 스크린쿼터가 남아 있지 않아 직접 배급할 수 없는 상황이었던 것이다. 물론 다른 영화사의 쿼터를 사서 해결하면 될 일이었으나 그런 편법은 쓰고 싶지 않았다. 몇 군데 알아보다가 아무 대가 없이 넘겨준 것이 연방영화사 최춘지 사장에게였다.

이렇게 해서 〈취권〉을 1979년 9월 추석특선으로 서울 국도극장에서 개봉했는데, 서울에서만 약 90만 명이 드는 대 히트를 기록했다. 연방영화사가 막대한 수익을 올린 것은 당연지사였다. 또한 이 영화로 인해 성룡은 일약 스타로 떠올랐고, 쿵후 코미디가 홍콩

신인시절의
성룡과 함께.

영화의 새로운 장르로 상승가도를 달리는 계기가 되었다.

1981년, 동아수출공사는 영화진흥공사 홍콩지사를 8만8천 달러에 인수했다. 원래 한국 영화의 동남아 진출 교두보로 삼을 의도로 1974년 설립된 지사였는데, 동남아 각국의 영화법이 개정되고 베트남, 캄보디아 공산화로 시장환경이 변하자 민영화를 추진했고 이를 우리가 인수하였던 것이다. 영화진흥공사 홍콩지사 인수를 계기로 골든하베스트와 합작영화 제작, 배급협정, 기술교류 등이 더 활발하게 이루어졌다.

홍콩지사가 있던 건물에는 신상옥 감독 사무실도 있어서 홍콩에 가면 같이 만날 수 있었다.

1980년대 성룡 주연의 영화들은 한국 팬들을 사로잡았다. 동아수출공사가 들여온 〈배틀 크리크〉(1980), 〈프로젝트A〉(1983), 〈폴리스 스토리〉(1985), 〈칠복성〉(1985), 홍콩과 미국 합작의 〈성룡의 프로텍터〉(1985) 등이 연달아 히트했다.

1987년, 나는 홍콩의 재계 거물들을 서울로 초청했다. 우리와 오랜 인연이 있는 골든하베스트의 레이몬드 초우 회장을 비롯해 캐세이퍼시픽항공 회장, 그리고 샹그릴라호텔그룹 궈허넌 회장을 초대해 교류 기회를 가졌다.

아마 홍콩에서도 이 세 사람이 한자리에 모이는 것이 쉽지 않은 일인데, 나의 초청에 기꺼이 한국을 방문해주었다. 이들은 신라호텔 스위트룸에서 4박5일간 묵으며 나흘간 골프를 하고, 만찬을 하면서 지냈고 모든 비용은 내가 스폰했다.

이 일이 있은 4년 후 이분들은 나와 우리 가족을 다시 홍콩으로 초대해 골프와 식사, 관광 등

홍콩에 초대받아 여행할 때의 사진. 승용차도 최고급 롤스로이스로 극진하게 대접받았다. 고향 선배인 이규광 회장이 동행했다.

융숭한 대접을 해주었다.

성룡은 아시아를 넘어 세계적인 스타로 떠올랐다. 이제 그는 '청룽' '재키 챈(Jackie Chan)'으로 불리며 할리우드와 영미권까지 진출했다.

1989년, 〈성룡의 미라클〉도 큰 인기를 끌었다. 영화 홍보차 방한해 개봉관인 스카라극장에서 기자회견을 가졌는데, 도착하는 그를 보기 위해 몰려든 인파가 충무로를 다 뒤덮을 정도였다. 그는 월드 스타가 되었어도 나와는 끈끈한 우정을 계속 유지했다. 한번은 1997년작 〈성룡의 CIA〉에서 자신이 탔던 미쓰비시 랜서 승용차를 나에게 선물한 적이 있었다. 이 차를 한동안 집에 보관하다가 신영균 이사장이 제주도에 신영영화박물관을 개관하였기에 2008년 12월 그곳에 기증했고, 지금도 성룡의 차가 전시되고 있다.

홍콩 영화를 이야기하면서 한 가지 빠트릴 수 없는 것은 1991년 개봉했던 영화 〈강시와 부시맨〉이다. 아프리카 사막 마을에 떨어진 콜라 병 사건으로 잘 알려진 부시맨 시리즈 가운데 하나였다. 1983년 첫 번째 영화 〈부시맨〉은 스위스 국제영화제 코미디 영화부문에서 대상을 받을 만큼 세계적인 주목을 받은 바 있어서 그 시리즈가 연속으로 제작되었다. 물론 우리나라에서도 인기가 높았던 영화였다.

동아수출공사에서는 1991년 6월, 부시맨 역의 배우 니카우를 초청해 신라호텔에서 기자회견을 하는 등 홍보행사를 가졌던 일이 기억에 남는다.

1991년 한국에 온 〈부시맨〉의 니카우와 함께 동아수출공사에서.

4 〈판관 포청천〉 신드롬, 온 국민이 기뻐하다

외화 쿼터를 돈으로 거래하기도 하던 시절, 충무로에는 경쟁과 이권 다툼이 가라앉지 않았다. 이런 경우를 당할 때마다 나는 참 양보를 많이 했다. 내가 한 발 물러서면 싸움이 안 나기 때문에 항시 내가 물러섰다. 어찌 보면 사업하는 사람으로서 바보 같은 짓이지만 나는 양보함으로써 싸움판에 끼어들지 않고 손해보는 쪽을 택했다.

동아수출공사가 수입한 외화는 대략 2백수십 편에 이른다. 수입쿼터 1편에 3억씩 받던 시절, 당시 강남의 반포아파트 시세가 5~6천만 원일 때였으니 상당한 금액이었다.

하지만 수많은 작품을 수입했어도 대체적으로 절반 정도는 적자를 면하는 수준, 30퍼센트는 수입가에도 미달하는 실패, 10퍼센트 정도가 히트해 수익을 내는 구조였다. 그러니 자체 제작을 85편이나 하면서 그 많은 외화를 보급했으니 허가받은 영화사 20개사 중에서 우리가 지금까지 명맥을 잇고 있다는 사실은 기적에 가까운 일이다.

경쟁사들이 동아수출공사를 부러워하면서도 경계하고 질투했던 것은 우리가 유명 시리즈를 독점으로 취급했기 때문이었다.

1960년대 초, 외화는 거의 다 일본 영화사를 통해 들어왔다. 일본 회사들이 아시아 판권까지 확보하고 있었기 때문이었다. 통신이나 인터넷이 발달한 요즘과 달리 그 당시에는 일본으로 직접 건너가 조사하고 협상하는 수밖에 없었다.

당시는 국제전화 한번 하려면, 국내 교환수에게 전화해 해당국 전화번호를 알려준 다음 수화기를 내려놓고 연결될 때까지 무작정 기다려야 했다.

심지어 서울서 도쿄에 국제전화를 연결하려고 해도 몇십 분에서 1시간 넘게 기다려야 하는 경우도 있었다. 국제전화를 담당한 교환수하고 통화하는 것조차 쉽지 않던 시절이었으니 지금은 상상할 수도 없는 옛날 이야기다.

당시 교환수는 여성들이 했는데, 내가 국제전화를 자주 하다보니 그 직원들과 친해져 내 전화는 특별히 빨리 연결해주는 특혜를 받기도 했다. 그야말로 호랑이 담배 피우던 시절 이야기다.

일본에 자주 가다보니 주일대사관 사람이나 특파원들과도 친하게 지냈다. 조선일보 주일특파원을 하던 김윤환 의원은 하네다공항까지 픽업을 나와줄 만큼 가까웠다. 이분은 훗날 정계에 입문해 민자당 사무총장과 대표최고위원 등을 역임하며 정치사에 큰 업적을 남겼다.

조선일보 주일특파원 시절부터 가까이 지냈던 허주 김윤환(맨 오른쪽) 의원. 허주 초청으로 상주 골프장에서 찍은 사진이다.

또 작곡가 길옥윤(본명 최치정) 선생은 내가 일본에 가면 아카사카의 뉴오다니호텔에서 자주 만났다. 이분은 1966년 패티김과 결혼했다가 이혼한 후 1988년부터 1994년 영구귀국 할 때까지 일본에서 활동하고 있었다.

대만(당시는 자유중국)도 주요 거래선이었다. 초기에는 우리 영화의 수출 업무로 대만을 다녔다. 상해 사람과 첫 거래를 했는데, 강범구 감독이 '이왕이면 자신이 아는 지인하고 거래하면 좋겠다'고 해서 고인하 씨를 만나게 됐다. 고 사장은 영화사 부장 시절부터 알게 된 것이었는데, 일본어 회화가 가능했기 때문에 나와는 통역 없이 바로 대화할 수 있어서 편했다.

고 사장에게 〈미워도 다시 한번〉 2~4편을 넘겨줘 크게 성공했고, 1994년 그가 추천한 대만 드라마 〈판관 포청천〉을 수입해 KBS 2TV에서 방영해 선풍적인 인기를 끌었던 기억이 지금도 생생하다. 35부작으로 2년간 매주 금요일마다 방영했는데, 시청률이 50퍼센트를 상회할 정도였다.

송나라의 명판관 '포증'을 소재로 한 〈판관 포청천〉은 청백리가 백성들 편에서 악을 물리치는 이야기였는데, 그 이야기가 국민들 심금을 울려 '포청천 신드롬'을 일으켰다.

그러나 수입 초기에는 이 드라마를 방영하겠다는 방송사가 없어 마음고생을 했다. 나는 당시 박관용 청와대 비서실장에게 "이 비디오를 보시고 YS(김영삼 대통령)가 이대로만 정치하시면 반드시 성공한 대통령이 될 것"이라며 비디오를 전해주었던 에피소드가 있다.

이 드라마 하나로 국민들을 얼마나 기쁘게 했던가를 생각하면 지금도 미소가 지어진다. 〈판관 포청천〉이 폭발적인 인기를 끌자 포청천 역의 배우 금초군을 서울로 초청해 팬들과의 만남을 주선하기도 했다.

고인하 사장은 나보다 한 살 아래였으나 그 당시부터 나를 일본말로 '아니끼(형님)'라고 호칭하고 있다. 또 가족들과도 서로 왕래할 만큼 친분이 두터워, 한때 중국과 대만 사이에 긴장이 고조돼 아르헨티나로 이민을 갈 때도 서울에 들러 우리 가족을 만나고 갈 정도였다. 그의 가족은 현재 미국 LA에서 살고 있다.

포청천 역의 대만 배우 금초군(오른쪽)과 함께.

5 잊을 수 없는 명화들

동아수출공사가 들여온 외화 중에는 지금도 영화팬들 사이에서 회자되는 고전 영화들이 많다. 1960년대 초 〈물망초〉를 시작으로 〈해바라기〉, 〈노틀담의 꼽추〉, 〈길은 멀어도 마음만은〉, 〈태양은 가득히〉, 〈전쟁과 평화〉 등은 제목만 들어도 감동의 여운이 되살아나는 명화들이다. 외국 영화들이 국내에 소개되던 초창기에는 개봉과 함께 그때그때 수입할 여건이 아니라서 묵은 필름을 저렴한 비용으로 수입할 수밖에 없는 형편이었다. 그러나 국내에서 외화에 대한 인기가 높은 데다가, 일단 외국에서 흥행에 성공한 영화를 들여오면 큰 수익이 보장되는 셈이라서 영화사 간의 경쟁이 치열해졌다. 이에 영화사들간 초미의 관심사는 수입쿼터 배정이었다. 영화 정책의 변화에 발맞추어 영화사들은 수입쿼터를 좀 더 많이 받기 위해 의무제작편수를 채우는 일에 사활을 걸다시피 매달렸고, 그러다 보니 편법이 판을 쳤다. 의무제작편수 규정은 본래 우리 영화의 질적 향상을 도모하기 위한 목적인데, 자체 제작하지 않은 영화를 싼값에 사자기 회사가 만든 것으로 탈바꿈하는 대명 제작이 공공연하게 벌어졌다.

종합예술을 다룬다는 영화계가 돈벌이에 급급해 제작편수만 채우려는 저급한 영화, 대명 제작한 영화 등으로 제도의 취지에 역행하는 부작용을 낳았다. 또한 그 여파로 충무로에는 영화사 간에 서로 질시하고 모함하고 견제하는 긴장감이 항시 맴돌았다.

당시 동아수출공사가 홍콩 영화는 물론 인기가 높은 '007 시리즈'를 독점 공급하자 나를 질시하는 업계 사람들이 적지 않았다. 한번은 시드니영화제에 다녀오던 길이었다. 비행기 퍼스트 클래스에 자리를 잡고 앉으려는데 한 사람이 난데없이 달려들어 "야, 이우석이 너 혼자만 다 해먹어?" 하고 고함을 지르면서 몸싸움을 벌이는 것이었다.

너무 갑작스럽기도 하고 당황해하고 있는데, 마침 뒷좌석에서 한 분이 일어나며 "이 회장, 이게 무슨 일이야?" 하면서 두 사람을 떼어놓았다. 이분이 당시 김운용 세계태권도연맹 총재였다. 부부동반으로 귀국행 비행기를 탔다가 우연히 나를 알아보고 몸싸움을 말렸던 것이었다. 워낙 얼굴이 알려진 분이 제지하자 그 사람이 더이상 분풀이를 하지 못하고 씩씩대며 돌아가 이 소동은 한바탕 해프닝으로 끝나고 말았다. 그 사람이 유명 영화사 대표였던 K씨였다. 그만큼 내가 여러 사람들로부터 견제와 질시를 받았던 사실을 상징하는 사건이었다.

동아수출공사는 1960년대 초부터 유럽 문예 영화, 홍콩 무협과 액션, 또 할리우드의 서부극과 로맨스, 블록버스터급 어드벤처 등 2백여 편이 넘는 외국 영화를 수입, 소개했다. 이가운데는 유명 국제영화제 수상작을 비롯해 영화 마니아들에게 감동을 안겨준 화제작들이 있어서 극장 가에 여러가지 진기록을 세우기도 했다.

그 기록들 가운데 압권은 케빈 코스트너 감독·주연의 〈늑대와 춤을〉이었다. 이 영화는 1991년 3월 31일 서울 대한극장에서 개봉했다.

개봉 직전까지 한 가지 걱정스러웠던 것은 이 영화의 러닝타임이 장장 180분이라는 점이었다. 하지만 중간휴식 없이 단번에 상영키로 결정했다. 작품에 대해 자신감이 있었다고 해야 할 것이다.

개봉하자 기대했던 대로 관객들은 중간에 자리를 뜨지 않고 마지막까지 영화에 몰입했다. 그러면서 서서히 입소문이 나고 있었는데 이 영화가 제63회 아카데미 시상식에서 최우수작품상과 감독상 등 무려 7개 부문을 석권하는 빅뉴스가 터졌다. 그리고 바로 다음날부터 대한극장 앞은 영화를 보려고 몰려드는 인파로 인산인해를 이루었다.

그리하여 〈늑대와 춤을〉은 당시로는 유례가 없을 정도로 장장 3개월 이상 장기상영을 했고, 서울에서만 관객 98만5천 명이란 경이적인 기록을 세웠다. 동아수출공사는 이 작품으로 1991년 청룡영화제에서 최우수외국영화상을 받았다.

이듬해, 칸 국제영화제 개막작 〈원초적 본능〉을 개봉했다. 미스터리 스릴러물인 이 작품은 개봉하기도 전에 외설 시비가 일어 관심이 고조된 가운데 1992년 5월 23일 상영을 시작했다. 또한 폴 버호벤 감독이 개봉에 맞춰 내한해 홍보에 나섰다.

마이클 더글러스, 샤론 스톤 주연의 이 영화는 서울서 97만 명, 전국 200만 관객수를 기록, 그해 흥행 1위에 오르는 신기록을 세웠다.

이렇게 동아수출공사는 1980~90년대 블록버스터와 액션 영화 등 화제작들을 매년 10여 편씩 수입해 배급했다. 2010년까지 브루스 윌리스의 〈다이하드〉 시리즈, 실베스터 스텔론의 〈익스펜더블〉, 〈성룡의 CIA〉 등을 연속 수입했다.

6 한국과 일본의 국민배우가 한자리에

일본 대중문화 1차 개방조치가 내려지며 1990년대 말부터 일본의 영화와 비디오 수입이 해금됐다. 그러나 단서가 붙어 있었다. 한일 공동제작이거나 일본 배우가 출연한 우리 영화, 또는 4대 국제영화제 수상작 등에 한정한다는 조건이 붙어 있었다.

이러한 제한적인 개방조치도 일본의 역사교과서 문제 등 한일관계에 따라 수차례에 걸쳐 정책이 뒤바뀌곤 했다. 그렇게 몇 번의 단계적 완화를 거쳐 2004년 1월에 이르러서야 영화가 전면개방되었다. 이로써 동아수출공사는 몇몇 작품을 들여왔으나 국민 정서상 그다지 큰 호응을 얻지 못했다.

동아수출공사는 일찍이 1960년대부터 도호(東寶), 도에이(東映) 등 일본 영화사와 교류했기 때문에 인적 네트워크가 탄탄해 화제작들을 여러 편 가져왔다.

1998년, 일본서 인정받는 재일교포 최양일 감독의 코믹 범죄물 〈개 달리다〉를 필두로 〈배틀로얄〉, 〈신설국(新雪國)〉, 〈호타루〉, 〈지금 만나러 갑니다〉 등을 꾸준히 수입, 소개했다.

특히 2001년, 일본 국민배우 다카쿠라 켄(1931~2014)이 주연한 〈호타루(The Firefly)〉를 수입한 일도 기억에 남는다. 〈철도원〉으로 잘 알려진 다카쿠라 켄은 한국이 뿌리인 일본 최고의 스타였다. 그에 대한 명성과 좋은 이미지 덕분인지 다카쿠라 켄의 영화는 한국에서 선전한 편이었다.

2002년 1월, 그를 한국으로 초청해 우리의 국민배우인 안성기와 만나도록 주선했다. 양국의 국민배우가 한자리에서 만난 것은 그 자체가 뉴스거리가 되었다.

그는 안성기와 대담하며 "한국 영화의 에너지가 부럽다"(동아일보, 2002. 1. 14)며 날로 성장하는 우리 영화에 대한 관심과 애정을 말한 바 있었다. 아마도 원로배우로서 우리 영화의 가능성을 예견하고 한 발언이 아니었던가 생각한다.

2004년에는 일본 흥행 1위를 한 유키사다 이사오 감독의 〈세상의 중심에서 사랑을 외치다〉가 서울서 40만 이상의 관객을 기록한 적이 있다.

7 동아극장과 장충극장, 그리고 넥스트 스튜디오 오픈

돌이켜보면 나는 기적의 사나이였다. 요즈음 흙수저라는 말도 있지만 나는 거기에도 못 미치는 가난한 집안 출신이다. 그래도 누구의 도움도 없이 자수성가를 이루었으니 이는 하늘이 도와주신 덕이라고 믿는다. 극장 입회원으로 출발해 최장수 영화제작자로 살아왔으니 풍운아라고 하겠다.

그동안 나는 스스로 감투나 명예 같은 걸 찾아다니지 않았다. 영화계에서 잔뼈가 굵은 사람임에도 영화제작자협회, 극장주협회 등 관련단체에서 회장을 맡아달라는 청이 왜 없었겠는가. 그래도 나는 일절 '노'를 했다. 본래 자리 욕심 없는 사람이라서 절대 감투를 쓰지 않았던 것이다.

또, 나는 살아오면서 여러 분야의 사람들과 교제했고, 국외에도 영향력 있는 인사들과 알고 지냈기 때문에 영화 이외의 사업에 진출할 기회도 있었다.

지금 야쿠르트와 같은 유제품시장이 상당히 큰데, 지금으로부터 50년 전쯤 내가 그 사업을 할 뻔한 적도 있었다. 배우 윤일봉 씨가 소개해 알게 된 다니구치(谷口) 씨가 마침 내가 살고 있던 동부이촌동의 빌라맨션에 숙소가 있어서 더 가까이 지내던 분이었다.

그가 한번은 자기 친구가 경영하는 일본의 야쿠르트 공장에 데려가더니 한국에서 이 사업을 시작해보라고 권유하는 것이었다. 당시는 내가 30대 젊은 시절이었고, 또 제조업 쪽에는 아무 경험도 없는 사람이라 정중하게 사양했던 적이 있었다.

이후에도 다른 사업에 진출할 기회가 많았는데, 나는 그때마다 영화와 관련된 사업이 아니면 넘겨다보지 않았다. 그러다가 1980년대 중반, 영화 제작과 수출입 외에 더 확장한 것이 극장사업이었고, 1990년 비디오 제작 및 배급회사 영성프로덕션을 설립한 일이었다.

당시는 비디오 문화가 활성화되면서 가정과 대여점 등 수요가 늘어나던 시기였다. 영화는 물론 디즈니 애니메이션과 같은 여러 장르의 영상물들이 잘 팔렸던 때였다. 그러나 1990년대 후반경 비디오 시장이 축소되고, 영상물과 기기들이 디지털로 전환되면서 2000년대 중반 동아수출공사로 합병하였다.

1985년 7월 20일, 동아수출공사는 서울 강남에 동아극장(좌석수 800석)을 개관했다. 강남 문화가 막 일어날 즈음 강남권에 처음 지어진 영화관이었다.

1987년에는 서울 중구 장충동에 신축빌딩을 지어 장충극장(300석 2관)을 오픈했다. 이어서 2000년에는 반포 서울고속버스터미널 센트럴시티 내에 복합상영관인 센트럴6 시네마를, 성남시 분당의 씨네플라자를 개관했다. 그리고 2004년 1월에는 충남 대전광역시에 시너스 영화관을 운영했다.

영화제작사로서 많은 극장을 운영하는 것도 동아수출공사가 유일했는데, 영화산업 환경이 바뀌면서 1998년 IMF 외환위기까지 닥쳐와 극장 사업을 정리해야 했다. 그때 마침 할리우드의 재난 스릴러 영화 〈하드 레인〉을 수입했으나 흥행에 실패했고, 외환위기로 환율이 폭등함에 따라 여러가지 악재가 겹쳤다. 총 제작비 7천만 달러가 투입된 대작이었으나 흥행 실적은 전혀 기대치에 미치지 못했다.

게다가 센트럴시티 소유주인 율산그룹 신선호 회장이 센트럴6 시네마 계약(5년)을 한 번 더 연장하는 조건으로 미리 50억을 받고 나서는 그 약속을 지키지 않았다. 자신의 지분을 신세

1985년, 강남지역에서 처음 문을 연 동아극장 전경.

계측에 팔았기 때문에 더이상 연장해줄 수 없다며 등을 돌리고 말았던 것이다. 그러나 지분을 매각하더라도 조건을 붙여서 해야 도리인 것인데, 이는 상도의상 도저히 있을 수 없는 일이었다. 결국 이러한 악재까지 겹치는 바람에 나는 갑자기 극장사업에서 손을 놓게 되었다.

거대 자본을 바탕으로 멀티플렉스 영화관이 등장하고, 제작환경도 급변하고 있던 시기였다. 물러설 때는 깨끗이 승복하고 물러나야 했다. 나는 동아극장, 장충극장, 심지어 우면동의 1,700평짜리 집까지 팔아서 모두 다 영화에 바친 셈이었다.

우면동 집은 우면산 기슭에 있어 위치도 좋았지만, 새 영화를 크랭크인하거나 촬영을 다 마치면 감독, 출연진들에게 가든파티도 열어주면서 유용하게 쓰던 집이었다.

그런데 정원이 넓다보니 서초구청 녹지과 같은 데서 자꾸 문제를 제기했다. 그 당시만 해도 구청에서 들어오라 마라 고압적인 분위기가 있던 때라서 늘 귀찮은 일이었다. 물론 구청장도 아는 사람이었으나 나는 일절 부탁하거나 사정한 바가 없었다. 심지어 녹지과장을 고향 후배인 유한주 씨가 담당할 때도 있었는데 일절 말하지 않았다.

그러다가 영화 투자문제로 머리가 아픈데다 구청한테 시달림을 받던 차라서 홧김에 집까지 팔아버릴 결심을 하기에 이르렀던 것이다. 지금은 그 자리에 공원이 들어서 있는데, 그때 요로에 사정하고 얘기해서 왜 남겨두지 않았나 하는 후회가 들 때가 있다. 하지만 다 욕심이라는 생각이다. 영화로 번 돈이었으니 영화를 위해 썼다고 생각하고 집착할 필요가 없다고 생각한다.

2010년 이후 나는 영화 제작에서 손을 뗐다. 새 영화는 만들지 않고, 이전 영화와 관련된 일만 하고 있다. 그리고 회사 문을 열어두고 인연을 맺었던 영화인들과 지인들이 언제든지 찾아오는 공간으로 남겨두고 있다.

그리고 내 여력이 닿는 한 동아수출공사와 인연을 맺었던 예전의 감독과 배우, 스태프들의 뒤를 봐주거나 원로 영화인들 복지와 관련된 일 정도만 하고 있다.

영화와 관련된 일이라고는 근래 인천시 중구 항동의 약 1,700평 부지에 세운 촬영장 '넥스트 스튜디오' 일이다. 사무실, 분장실과 카페테리아, 주차시설(50대) 등을 갖추고 500평 규모 스튜디오 A·B동, 300평 규모 스튜디오 C동으로 구성되어 있는 건물이다. 영화나 방송, 광고 등의 스튜디오로 사용될 촬영장이다.

이 스튜디오는 방송국이 있는 서울 상암동 DMC와 서울 강남에서 차량으로 40분 거리에 있어 접근성이 좋은 곳이다. 2022년 5월 2일 개관했는데, 이 넥스트 스튜디오는 내가 영화인으로서 이 세상에 남기는 마지막 작품이 아니겠는가 생각한다.

성인의 글을 읽고도
그가 시대를 구하려 한 뜻을
얻으려 하지 않는다면
이는 거짓 선비다. 🙶

변호사를 사절하며

나는 대한 사람으로 일본 법률을
부인한다.

일본 법률론자에게 변호를 위탁한다면
대의에 모순되는 일이다.

나는 포로다. 포로로서 구차하게
살려고 하는 것은 치욕이다.

결코 내 지조를 바꾸어 남에게 변호를
위탁하여 살기를 구하지 않는다.

- 대구형무소 옥중에서   (1928년) -

🎬
Part 4

사람을 잇다, 인연을 맺다

심산 선생은 성주 출신 유학자이자 독립운동가, 성균관대학을
설립한 교육자이시다.

심산 김창숙

심산 김창숙(1879~1962) 선생께서 서울 종로의 여관에서 노년을 보내실 때 나는
우리 고향의 큰 어르신을 매주 찾아뵙고 극진한 마음으로 모셨다. 일제의 고문으로
일어서지 못하는 불구의 몸이셔도 꼿꼿한 기품을 보여주셨다.

심산김창숙기념관은 서거 40주년을 기해 발의돼 2011년 3월 개관했다. 사진은 2008년 12월 기공식 모습.

서울 반포동 소재 심산김창숙기념관에서
동향 분들과 함께.

조선의 마지막 선비, 유림대표독립운동가
제5회 心山 金昌淑 先生 崇慕酌獻禮
●일시 : 2014. 9. 20(토) 오전11시 ●장소 : 성주군청1층대회의실 ●주최 : 성주청년유도회

제5회 숭모작헌례를 마치고. 초헌관으로 박관용(가운데) 전 국회의장을 모셨다. 맨 왼쪽은 이윤기 전 의원.

박관용 전 국회의장 오른쪽이 심산 선생의 손자 김창 씨인데 2021년 작고했다.

초헌관을 추천해달라고 하여 내가 박 의장을 모셨다.

심산 선생 학술대회에서 강연하고 있는 이종찬 전 국정원장.

제9회 숭모작헌례의 헌관들. 중앙이 이종찬 전 국정원장.

숭모제를 마치고 구미역에서(2018년). 왼쪽부터 이윤기 박사, 숭모제 관계자, 이종찬 전 국정원장, 본인.

그야말로 약관의 나이던 스물서너 살 무렵 나는 우리 고향의 큰어른이신 심산 선생을 매주 찾아뵈었다. 왜 그런 마음을 먹었는지 모르겠지만, 선생께서는 김구, 이승만 선생과 함께 우리나라 독립운동의 3대 인물이 아니던가. 더구나 부귀영화를 다 떨치고 두 아들까지 조국독립에 바치셨고, 성균관대학을 건학하여 인재를 길러내는 데 헌신했으며, 반민주적 정치행태에는 물러서는 일 없이 맞서 싸우신 애국지사다.

허나 이분의 노년은 참 안쓰러웠다. 일제의 고문 후유증으로 걷지 못하는 몸이었고, 누옥조차 없어서 종로의 한 여관에서 숙식하고 계셨다.

아마도 고향의 후진으로서 매주 선생님을 찾아가 노년을 챙겨드린 사람은 본인이 유일하지 않았는가 싶다. 손자인 김창 씨와도 거의 매주 만나 식사할 만큼 가까이 지냈는데, 2021년 9월 갑자기 작고해 상심이 컸다.

선생님의 생애를 연극으로 만들어 국립극장 무대에 올린 바 있고, 또 그 작품을 CD로 복제하여 사회 각계에 배포했다. 심산 선생은 내 인생에 있어 큰 자리를 차지한 어르신이다.

서울 수유리의 묘소에서 매년 추모제례가 열린다. 사진은 2019년.

노산 선생과 함께 롯데호텔에서.

노산 이은상

가곡 〈가고파〉의 노산(1903~1982) 선생은 시조시인이자 사학자이다.

서울대, 영남대 교수를 지내셨는데, 생전에 선생님을 가까이 모실 수 있었던 것은 영광이었다.

노산 선생을 자주 만나던 분들과 같이 롯데호텔에서.

이은상 선생님 댁을 찾아뵙고서. 왼쪽은 나의 아내.

'한국 스포츠 근대화의 아버지'로 불리는 민관식 장관 댁의 체육관련 전시실에서.
맨 왼쪽은 김은수 한국도자기 사장.

민관식

민관식(1918~2006) 장관은 대한체육회장, 문교부장관을 역임하고
한국 체육계를 이끈 거목이다.

왼쪽부터 민관식 장관, 고성대 회장과 함께.

배우 이덕화와 민관식 장관.

김영삼 대통령 휘호가 있는 내 사무실에서 〈판관 포청천〉의 배우 금초군과 함께.

김영삼

김영삼(1928~2015) 대통령은 9선 의원으로 역대 최연소(만25세)로 당선된
시절부터 인연이 깊었다. 민주화운동으로 고생하던 야당시절에도 늘 마음을 같이 했다.

김영삼 전 대통령의 '대도무문' 휘호(1986년). '이우석 동지'에게 드린다고 쓰여 있다.

서울 상도동의 김영삼도서관을 방문하여.

제14대 대통령 당선 기념품.

YS와 가까웠지만 내가 받은 훈장은 김대중, 이명박 대통령 시절이었고, 취임 후에는 개인적으로 연락하지도 않았다.
사진은 훈장증이 걸려 있는 사무실이다.

부산 대신동 친구인 김형경 전 의원은 김 대통령 천거로 전국구 의원이 됐다.

왼쪽부터 김운용 총재, 민관식 전 장관, 박정수 의원, 배우 안성기, 배우 김지미 씨, 본인.

김운용

세계태권도연맹 총재이자 IOC 집행위원과 부위원장을 지내며 우리나라
스포츠 외교를 빛낸 분이다. 내가 대한태권도협회 이사를 맡게 되어
김운용(1931~2017) 총재와 친분을 맺었다.

김운용 총재 부부와 피아니스트인 딸(혜정)과 함께.

본인이 대한태권도연맹 초대 이사를 지냈다.

2016년 롯데호텔에서.

태권도 올림픽 정식종목 채택추진위원회(위원장 김집)
위원으로 추대됐다(1994년).

태권도가 2000년 시드니 올림픽 정식종목으로
채택되어 감사패를 받았다(1995년).

문화계 원로들

맨 오른쪽이 시인·극작가 한운사(1923~2009) 선생, 그 옆은 김종필 전 총리.

맨 오른쪽은 예총 회장, 정무장관을 지낸 수필가 조경희(1918~2005) 선생. 왼쪽은 박철언 전 장관과 극작가협회 회장.

유현목(1925~2009) 감독.
동아수출공사와 작품은 하지
않았으나 아주 가깝게 지낸 분이다.

〈조선왕조 오백년〉의
신봉승(1933~2016) 작가. 맨 왼쪽은
신영균 이사장.

작곡가이자 문화평론가인
황문평(1920~2004) 선생.

왼쪽부터 배우 김지미, 본인,
가수 최희준, 작곡가 황문평 선생과
조관희 스포츠서울 편집부국장.

사회학계를 대표하는
신용하(중앙) 서울대 명예교수. 해외한
민족연구소 이사들 모임이다.

오른쪽 두 번째가 배우 황해 씨.
가수 전영록의 부친이다.

패션 디자이너 앙드레김. 그는 예술을 사랑하는 진정한
문화인이었다.

오른쪽부터 본인, 하명중 감독, 배우 장미희, 윤일봉 씨.

왼쪽부터 김상철 전 서울시장, 세 번째가 이종덕 예술의전당 사장,
연극배우 박정자, 배우 강수연 씨, 여영동 회장.

제주도 서귀포 이왈종미술관에서 이왈종 화백과 함께.

2021년 3월, 대한노인회 고문 위촉식에서
김호일 회장과 함께.

성주와 초전면 동향분들

성주군 초전면 동향 선배님들과 오손도손 정담을 나누며 살던 시절은 잊을 수 없는 추억이다. 김용철 대법원장, 김용수 공군 장군, 이윤기 박사, 한인규 서울대 명예교수, 이상희 장관, 박종철 검찰총장, 성기수 박사, 최열곤 서울시교육감, 장해익 박사, 김석규 주일대사… 많은 분들이 각계에서 활약했다.

초전면 출신 동향인들. 왼쪽부터 박강용 향우회 자문위원, 성기수 박사, 이윤기 박사, 김용철 전 대법원장, 한인규 전 서울대 농과대학장, 본인, 이종웅 태일자동제어 사장, 문광수 전 새한정보시스템 대표.

왼쪽부터 본인과 김용철 전 대법원장,
서울대 농대학장을 지낸 한인규 명예교수.

재경성주향우회 월례골프 모임. 왼쪽부터 이시원 부천그룹 회장, 이수빈 삼성생명 회장, 이이석 서천무역 회장, 본인,
이상희 전 내무부장관, 이창규 DK메디컬시스템 회장, 이상연 전 안기부장, 한상칠 재경성주군향우회장. 2013년 10월 남부컨트리에서.

왼쪽부터 본인, 이상연 전 내무장관, 이영환 전 대검차장,
배수곤 은행감독원장.

왼쪽부터 김용수 장군, 본인, 김용철 전 대법원장.

한인규 명예교수 내외분을 모시고.

여철연 재경향우회장, 신동욱 전 의원, 최열곤 전 서울시교육감.

왼쪽부터 송인식 대구매일신문 서울지사장, 초전면 선배인 김용수 공군 소장, 33사단장 시절의 전주식 장군.

박종철 전 검찰총장과 함께.

왼쪽부터 김진필 전 서울보안대장, 이영환 전 대검차장.

김재순 전 국회의장과 신라호텔에서.

김재순

김재순(1923~2016) 의장 하면 월간 〈샘터〉를 창간하고 국회의장을 지낸 정치계 거목인데 이우석하고 어떻게 알까 하고 의아해하는 분이 있다.

맨 처음 야당 시절에 사촌 김재정 씨 덕분에 인사하게 되었다. 김 의장께서는 젊은날 〈철조망〉, 〈아카시아 꽃잎 필 때〉 등의 영화를 제작했는데, 이 작품들을 수출하게 되면서 인연이 더해져 오래도록 교유했다.

중앙이 김명윤(1924~2016) 상임고문. 맨 왼쪽은 한상봉 화백.

김명윤

김명윤(1924~2016) 전 의원은 상도동계 원로로서 1980년 김동영, 최형우 의원과 함께
민주산악회를 조직해 김영삼 전 대통령에 이어 2대 회장을 지내는 등 민주화운동을 이끈 분이다.

왼쪽부터 본인, 김수한 전 의장,
김명윤 고문.

왼쪽부터 이상희 전 장관, 이만섭 의장, 신동욱 전 의원.

이만섭

14대, 16대 국회의장을 역임한 이만섭(1932~2015) 의장은 참 가까이 지낸 분이다.
어찌하다보니 내 자녀 셋의 주례를 3부요인(김용철 대법원장, 김재순 의장, 이수성 총리)
이 맡아주었는데, "내 차례는 언제 오냐"고 격의없이 여담을 하곤 했다.
8선의원으로서 '의회주의자'라는 평가를 받는 분이다.

왼쪽부터 본인, 김운용 총재,
이만섭 의장.

왼쪽부터 박종철 전 검찰총장, 이심 이사장,
이만섭 의장, 본인.

왼쪽부터 여영동 회장, 이만섭 의장,
본인 부부. 국회의장 공관에서.

골든하베스트 초청으로 홍콩을 방문했다. 왼쪽 두 번째부터 팽장귀 감독, 이규광 회장, 레이몬드
초우 회장 부부.

이규광

이규광(1925~2012) 장군은 성주가 본향이다. 동향 선배로서 깊은 인연을 맺어
오래도록 가까이 지냈다. 육군 헌병감을 지낸 분으로 세간에서는 넉넉한 줄 알지만,
실제로는 그렇지 못하고 청렴하게 사셨다.

이규광 회장,
신동욱 전 의원, 본인.

왼쪽부터 이규광 회장과 본인,
김명만 무역대리점협회장, 최해규 회장.

동아수출공사 사무실에서.

김윤환 의원은 경북 구미 선산군 출신으로 나와는 기자 시절부터 알고 지낸 사이다.

김윤환

허주 김윤환(1932~2003) 전 의원은 조선일보 일본특파원 시절, 내가 일본에 가면 공항까지 픽업을 나올 만큼 친밀했다. 5선의원을 지냈고, 정무장관을 여러 번 맡았다.

상주 골프장에서 함께 운동할 때 김윤환 전 장관과 그 따님.

왼쪽부터 본인, 전두환 전 대통령, 이심 이사장, 박종철 전 검찰총장 부부.

전두환

**전두환(1931~2021) 전 대통령의 영부인 이순자 여사가 우리 고향사람이고,
그 선친인 이규동 (1911~2001) 장군이 성주 출신이라서
오래전부터 인연이 되었다.**

전두환 전 대통령과 이심 대한노인회장과 같이.

김낙준 금성출판사 회장과 함께.

김낙준

김낙준(1932~2020) 회장은 경북 의성 출신으로 나와 비슷한 어려움을 겪으면서도 출판계에 입문, 금성출판사 회장이 된 입지전적인 인물이다.

왼쪽부터 조선일보 상무, 김낙준 회장,
안병균 나산그룹 회장, 본인. 김 회장은
대한출판문화협회장을 지냈다.

맨 오른쪽은 유재건 의원.

왼쪽부터 김낙준 회장과 이헌 회장, 본인,
이대봉 참빛산업 회장.

심산 선생 행사 후 성주군 월향면의 세종대왕자태실 앞에서. 왼쪽 두 번째부터 이윤기 소장,
문화해설사, 박관용 전 국회의장, 본인.

이윤기

이윤기 전 의원은 1989년 사단법인 해외한민족연구소를 창립해 연해주,
우즈베키스탄 등 해외동포의 역사회복과 지위향상을 위해 일해오고 있다.
나는 창립 이사로 지금까지 함께하고 있다.

해외한민족연구소가 1999년
연해주 블라디보스토크에 신한촌
기념탑을 세웠다.

박관용, 손세일, 이기택 의원 등
해외한민족연구소 이사들.

이윤기 소장의 해동학회
사무실에서(2021년). 이 소장은 초전면
고향 선배님이다.

왼쪽부터 이종찬 전 국정원장, 본인, 고성대 회장, 김재기 전 외환은행장.

이종찬

이종찬 전 국정원장은 문공부에 파견 나와 있던 육군 중위 시절부터 친분을 맺어 그 인연을 지금까지 이어오고 있다. 4선 의원에 초대 국가정보원장을 지냈다.

이 전 원장이 문공부 합동검열관(육군 중위)이던 시절, 아이들과 같이 창경원에서. 맨 오른쪽은 송재홍 협회 전무. 약 55년 전 사진이다.

왼쪽 두 번째부터 이종찬 전 원장, 초전면 동향의 한국가스공사 배 사장과 이윤기 해외한민족연구소장(2022년).

왼쪽부터 이심 이사장, 본인, 김재기 전 은행장, 이종찬 전 국정원장.

왼쪽부터 김재기 전 외환은행장, 본인, 이수성 전 총리, 이선호 회장.

이수성

이수성 전 총리는 서울대 총장과 제29대 국무총리를 지냈다.
개인적으로는 내 막내딸 주례를 서주어 더 뜻깊은 분이다.

왼쪽부터 도동환 회장, 이 전 총리, 권노갑 전 의원.

송세창 회장은 공채 1기로 삼성그룹 이병철 회장 비서실장을 지냈다.

송세창

부산 경상시절부터 알고 지냈는데, 삼성그룹 퇴직 후 안병균 회장의 간청으로
나산그룹에 몸담았다가 부도로 도미하게 된 일은 두고두고 죄스럽고 미안한 일이다.

안병균(왼쪽 두 번째) 나산그룹 회장이 간곡히 부탁해 은퇴한 송세창 회장을 그룹 부회장으로 영입했었다.

내 우면동 집에서 송 회장과 함께.

성주군 한개마을 고택에서.

박관용

박관용 국민의힘 상임고문은 국회의장을 역임한 6선의원이다.
심산 김창숙 숭모작헌례에 초헌관으로 모실 만큼 가깝게 지냈다.

박관용 전 의장, 외교통상부 장관을 지낸 박정수(중앙) 의원과 같이.

왼쪽부터 본인, 김재기 전 은행장, 최병렬 전 장관, 박관용 전 의장.

김재기(왼쪽) 총재와 이창우 DK메디컬 회장.

김재기

외환은행장, 한국씨름연맹 총재, 한국관광협회중앙회장 등을 지냈다. 김 행장은
김상현 의원, 이수성 총리와 함께 '우리나라 3대 마당발'이라고 불릴 만큼 인맥이 넓다.

왼쪽부터 이종복 회장, 이연택 전 장관,
본인, 김재기 총재.

왼쪽부터 본인, 김재기 총재, 최해규 회장,
김연조 회장과 제주도에서.

김재기 총재, 김형성 회장, 이선일 회장과
부부동반으로 제주 블랙스톤에서.

김재기 총재가 1995년 창립한 새신라로타리클럽 회원들과 같이.
왼쪽부터 이상윤, 김재기, 본인, 이동훈, 이종복 회장.

왼쪽부터 김득영 동국대 이과대학장, 본인,
이관제 부총장, 김재기 총재.

왼쪽부터 정담진, 본인, 박무자, 최종림, 김성재 회장.

새신라로타리 민창기 3대회장에게서 받은 자랑스러운
회원 메달(1997년).

왼쪽부터 최해규 회장, 정재철 전 장관, 본인, 김재기 총재.

서상록(맨 오른쪽) 삼미그룹 부회장은 호텔 웨이터에서 16대 대통령
후보까지 지냈다.

김재기 총재,
홍재형 전 부총리와 함께.

새신라 회원들과 여행중에 포스코
포항제철소에서.

서석재(중앙) 의원과 함께.

서석재

서석재(1935~2009) 전 장관은 부산 서구와 사하구를 지역구로 5선 의원을 지낸 상도동계 인사다.
김영삼 총재와 함께 민주화운동을 했고, 신민당 조직국장, 통일민주당 사무총장 등을 지냈다.

한상봉(맨 오른쪽) 화백을 후원하는
청암회 모임에서. 한 화백의 호가 청암이다.

오른쪽부터 한상봉 화백,
서석재 의원.

국회의원들과 함께 일본 중의원 방문. 왼쪽 두 번째부터 송인식, 장영철 의원, 두 사람 건너 본인 오른쪽으로 우명국 전 서울시장,
내무부장관과 김영삼 대통령 비서실장을 지낸 김용태 의원.

초대 미스코리아 진 강귀희 씨와
부군 신동욱 전 의원의 가족과 함께.
뒷줄은 사위, 아들과 딸이다.

맨 왼쪽이 국제극장 이창무 사장, 맨 오른쪽이 국제극장 소유주 다카하시 회장의 외아들.

국민MC 송해 선생과 KBS에서(2010년). 부산 피난시절부터 알고 지낸 분이다.

오른쪽은 오권수 무등극장 회장.

문화부 기자 출신의 방송인 이상벽 씨.

맨 왼쪽이 신선호 율산그룹 회장.

성주군 생가 터에 지은 청사도서관 흉상 앞에서(2021년). 청사(靑史)는 그의 호이다.

서석준

상공부장관을 거쳐 최연소(45세) 경제부총리를 지냈다. 가장 가까운 고향 후배였는데
1983년 10월 9일 외교순방 중 미얀마 아웅산묘소 폭발사건으로 안타깝게 순직했다.

유가족이 지역주민과 출향인
성금으로 건립해 성주군에
기증한 청사도서관과 기념관.

맨 왼쪽이 서석준 전 부총리.
나와 세 살 차이인데도 꼭
'형님'이라 부르며 각별하게 지냈다.
본인 왼쪽은 해양대 9기 출신의
김윤희 사장.

한번은 성장가능성 있는 기업을 인수할 생각은 없느냐고 묻길래, 나는 영화만 하겠다고 사양했다.
그랬더니 서 부총리는 "다른 사람들은 무슨 수를 써서라도 먼저 하겠다고 하는데 형님 같은 분은
처음 봤다"며 고지식할 정도로 올곧은 내 성격에 혀를 내두른 일화가 있다.

왼쪽부터 이수빈 회장, 본인, 피홍배 회장, 한상칠 재경향우회장.

이수빈

이수빈 전 삼성생명 회장은 성산이씨 정언공파 한집안이다. 내가 32세고 이 회장이 33세라 사석에서는 나를 '아재'라고 부를 만큼 가깝게 지낸다.

왼쪽부터 김인득 벽산그룹 회장, 본인, 이상연 전 안기부장, 이수빈 회장.

왼쪽부터 이수빈 회장,
김석규 전 주일대사,
최해규 회장과 본인.

왼쪽부터 최철수 회장,
이수빈 회장, 본인, 여영동 회장.

양가 가족들과 여행 중에. 오른쪽은 최 회장의 손자와 딸이다.

최해규

젊은 시절, 최 회장과 같이 재미 삼아 점을 보았더니 역술가가 최 회장은 사업을 하고
나한테는 문화사업을 하라고 해서 내가 "너는 장차 사업해서 재벌이 될 것이고,
나는 세상에 이름 석 자를 남기겠다"라고 말했던 적이 있는데, 결과적으로는 그대로 되었다.
그가 부산 해동고 2학년 때부터 지금까지 가까운 친구로 지내는데,
그 동창인 박명하, 고성대 회장과도 60년지기다.

최해규 회장과 인천의
맥아더 장군 동상 앞에서(2021년).
중앙은 허동진 회장.

왼쪽부터 고성대 회장, 본인,
최해규 회장.

왼쪽부터 이심 서울컨트리이사장, 이만섭 전 국회의장, 본인, 김운용 총재. 이심 이사장을 위해
인사 자리를 만들었다.

이심

고향 친구인 이심 회장이 대한노인회 중앙회장에 취임하면서 임원을 맡아달라고
요청해 고문을 수락하고 2억을 후원했다. 그 후원금 중 1억원으로
매년 대한노인회 장학생 1명에게 장학금을 주고 있다. 이 회장은 올해 2월까지
서울컨트리클럽 이사장으로 활동했다.

사단법인 서울컨트리클럽 이사장실에
취임 축하차 방문하여.

대한노인회 중앙회 후원자 헌액식에서.
왼쪽부터 이 회장, 본인, 안필준 전 노인회장의 부인
(고문), 한 사람 건너 고향친구 김재현 전 향우회장.

이 이사장과 본인, 피홍배 삼정 회장,
이이석 서천무역 회장.

성주향우회 선배분들과 함께. 오른쪽부터 신동욱 전 의원(향우회장), 이상희 전 장관, 피홍배 회장.

피홍배

성주 출신의 피홍배 삼정 회장은 성공한 사업가로서 최경주재단
초대 이사장을 맡아 현재까지도 꿈나무 육성과 자선 활동 등을 열심히 해오고 있다.

왼쪽부터 이수빈 회장, 본인,
한상칠 HSC 회장, 피 회장.

피홍배 회장과 부부동반으로
라운딩하며.

왼쪽부터 이규석 전 국민대 총장, 최문휴 회장.

최문휴

국회의장 공보담당비서관, 국회도서관장을 지냈고, 석원산업 부회장과
한국골프문화포럼 초대회장으로 활동했다.
청년시절 본인이 다니던 덕신공사의 아들 배건호와 동갑이라 친구로
지냈는데, 이 친구의 연세대 정외과 입학식에서 최 회장을 알게 된 것이
지금까지 인연이 이어지고 있다.

왼쪽부터 유재건 전 의원, 최문휴 회장,
한 사람 건너 이만섭 전 의장, 본인.
이분들은 연세대 동문이다.

왼쪽부터 최 회장, 김수한 전 의장, 본인,
정재철 전 장관.

최문휴 회장 부부와 함께.

해외한민족연구소 이사진 모임. 왼쪽은 김원기 전 국회의장.

권정달 의원.

제주 출신의 양정규(왼쪽 세 번째) 의원.

최인호(왼쪽 두 번째) 작가.

체육부 차관을 지낸 김용균(중앙) 의원.

일본 야쿠자계 보스.

임진출 의원.

서종호 남아흥업 회장의 아들 서병기 사장.

왼쪽부터 본인과 박종철 전 검찰총장, 박병규 금호전기 회장, 이어령 전 장관.

로비스트 린다김.

문공회(문화공보부 국장출신 모임, 현 문화회) 골프모임에서. 문공부 차관과 기획관리실장 등을 역임한 한영수(왼쪽 첫 번째), 박종국(세 번째), 허만일(일곱 번째), 윤탁(아홉 번째), 김동호(열 번째) 제씨.

문공회 회원 중에 비공무원으로서는 내가 유일하다.

이수정(왼쪽 두 번째) 문화부 장관과 이종덕(맨 오른쪽) 예술의 전당 사장.

왼쪽부터 이수정 기획관리실장(후에 문화부장관 역임), 본인, 박종국 기획관리실장(후에 영화진흥위원장 역임).

차종호(왼쪽 두 번째) 국장, 신정휴(세 번째) MBC 전무.

한영수(왼쪽 첫 번째) 기획관리실장(후에 차관 역임).

세계통합무술연맹의 블랙벨트 단증카드 출범식에서(2021년).

사단법인 세계통합무술연맹 명예총재에 추대됐다. 왼쪽은 진종호 총재.

오병희 전 서울대병원장은 주치의로서 건강유지에 도움을 주고 있다. 최근 인천 세종병원장으로 부임했다(2022년).

전 건국대 이과대학장 최무웅 명예교수, 송정광 회장과
양재천에서(2022년).

문공부 시절 초대검열관(중앙정보부 소속)을 맡았던
송정광 씨와 함께. 근 60년이 지난 지금도 가까이 지내고 있다.

재경성주향우회

재경성주골프회 월례회 사진(2010년).

제254회 재경성주골프 월례회
일시 : 2010년 10월 22일   장소 : 88 C.C

재경성주향우회 모임에서. 맨 왼쪽이 이심 회장, 오른쪽 첫 번째가 최철수 씨,
두 번째가 여철연 2대회장.

앞줄 오른쪽은 김용철 전 대법원장.

이병환(맨 왼쪽) 군수, 정진우 감독과 함께 성주군청 내 1억원 이상 기부자 헌액판 앞에서(2020년).

손자 승진(오른쪽), 승재와 함께 성주군청에서(2022년).

성주신문 주최 제9회 자랑스러운 성주인상 수상(2013년). 왼쪽부터 신동욱 전 의원, 피홍배 회장, 본인과 한상칠 회장.

장학금 출연에 감사하는
성주군(군수 오해보)의 감사패(1994년).

재경성주향우회(회장 최열곤)에서
받은 송공패(1998년).

성주군(군수 김건영)의 장학금 기부
감사패(2000년).

왼쪽부터 우종창 《거짓과 진실》 작가, 그리고 성산이씨 종친인 이경재 변호사, 본인, 이익상 성산이씨 서울화수회 고문, 이호성 사장,
이호철 배우와 동아수출공사 사무실에서(2022년).

영록회 부부동반 모임에서.

왼쪽부터 여영동 영록회장, 본인,
김은수 한국도자기 회장, 김영건 회장.

동아수출공사 임직원들

동아수출공사 성공의 이면에는 언제나 좋은 인재들이 있었다. 나는 초창기부터 전직원 자녀들에게 장학금(대학까지)을 지급했다. 이런 제도는 영화사 가운데 전무후무한 일이다. 지금도 예전에 한 식구였던 원로들이 어려운 일을 당하면 성의껏 도와 그 인연을 잘 가꾸어가고 있다.

장충동 시절의 동아수출공사 임직원들.

Part 5

사랑은 언제나 해피엔딩

고향 봉정리 갈개마을에는 700년쯤 된 은행나무가 서 있다. 이 사진은 지난해 여름 모습이고,
앞 페이지 사진은 1970년 즈음 그 은행나무 앞에 서 있는 우리 부부 사진이다.

은행나무가 있는 내 고향

나는 고향을 자주 찾는다. 종친회와 성주군 행사에 참석하거나 손주들과 같이 성묘하러 갈 때도 있다. 또, 불현듯 고향이 그리울 때는 길동무 할 친구를 불러 SRT를 타고 간다.

초전면 봉정리 향리는 옛 모습이 거의 남아 있지 않지만 마을 초입에 서 있는 은행나무만은 여전히 그 자리를 지키고 서 있어 참으로 반갑다. 뒷산의 가족묘소를 돌아보는 시간은 고요하고 평온한 회상의 시간이다.

그리고 한개마을로 발길을 돌린다. 우리 성산이씨 집성촌이다. 구불구불 토석담 길을 따라 기품 있는 기와집들이 어깨를 마주하고 있는 한개마을을 거닐다 보면 어머니 품에 안긴 것처럼 따뜻한 온기를 느낄 수 있다.

선비의 혼과 정기가 배어 있는 이 전통마을은 600년 역사를 지니고 있다. 일제가 침략의 흑심을 품고 경부선 철도를 놓으려 할 때 어르신들이 목숨을 걸고 막아 철로가 대구에서 왜관으로 돌아가게 했다는 말씀을 들으면 조상님들의 서릿발 같은 기개가 어떠했는지 짐작할 수 있다. 또, 광복 직후 한개마을은 전깃불이 다른 고장보다 먼저 들어올 정도로 위세가 높았다.

지금도 고향에 가면 옛 친구나 마을 사람들을 만나게 된다. 여럿이 어울려 막걸리라도 한잔 나누면서 두런두런 이야기를 하면 서울생활의 시름을 다 잊고 시간 가는 줄 모른다.

나의 태가 묻히고 부모님을 모신 성주는 언제나 그립고 고마운 고향이다.

정주영 현대그룹 명예회장이 친필로 쓴 좌우명.
나도 이분의 좌우명을 평생토록 가슴에 새기고 살았다.

정진우 감독과 한개마을에서(2020년).

왼쪽부터 작은딸 가족, 아들 가족, 큰딸 가족들.

아들(호성)과 함께.

아들(호성)과 두 딸(정은, 주은)과 함께.

나를 따라 골프를
배우던 아들.
장충동 국립극장 맞은편에
골프연습장이 있었다.

중앙은 이은상 선생 비서.

우면동 시절의 정원에서.

도쿄 제국호텔 정원에서 아침산책 중에.

미국 유학중이던 아들과 할리우드에서.

홍콩에서 아들 내외와 같이.

골든하베스트 레이몬드 초우 회장과 우리 가족이 홍콩에서.

작은딸(주은)은 이화여대에서 미술을
전공했다.

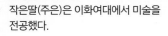

큰딸(정은)은 서울대에서 금속공예를 전공했다.

제주도에서 우연히 남궁원 회장 가족을 만나서.

최인호 작가의 딸(다혜)과 주은이는 예원예고 동창이다.

일본과 홍콩 가족여행 중에.

아들(호성)의 결혼식. 고향 선배이신 김용철 전 대법원장이 주례를 맡았다.

우면동 집 정원에서.

큰딸(정은) 결혼식. 김재순 전 국회의장이 주례를 서주었다.

2021년 가을, 아들 내외와 큰손자와 같이 서울컨트리에서. 큰손자(승진)는
홍콩과학기술대 수학과에 재학중이다.

종친들과 부부동반으로 일본 여행 중에. 왼쪽부터 이창규 회장 부부, 우리 부부, 이상연 장관 부부, 이수빈 회장 부부.

고희를 기념하여 유럽 크루즈 여행 중에 선상만찬.

근래 건강이 안 좋은 아내와 같이 산책 중에.

사단법인 한국언론인연합회에서 선정한 '대한민국 위대한 국민대상'을 종합대상을 수상했다(2019년). 왼쪽은 연합회 최재영 이사장.

조선일보(2021. 10. 30)

朝鮮日報

"70년대에 넷플릭스처럼 통 큰 투자… 日 영화 뛰어넘는 게 목표였다"

70~80년대 영화의 산실 동아수출공사 이우석 회장

내 몸은 잠시 예술이 되다

오종찬 기자의 Oh!컷

"70년대에 넷플릭스처럼 통큰 투자…
日 뛰어넘는 게 목표였다"

동아수출공사 **이우석** 회장

미국 캘리포니아 데스밸리. 뒤로 넘긴 머리에 셔츠를 풀어헤친 남자가 사막의 모래 언덕 사이로 거칠게 차를 몰며 등장한다. 아메리칸 드림의 허상을 그린 안성기·장미희 주연의 영화 '깊고 푸른 밤'은 1980년대에는 파격적인 미국 올 로케이션 촬영으로 화제를 모았다. 당시는 외화 수입 쿼터를 확보할 목적으로 찍어내듯 만든 에로 영화가 판치던 시기. '깊고 푸른 밤'은 대규모 예산을 투자해 한국 영화의 수준을 한 단계 끌어올리며 대종상·백상예술대상을 휩쓸었다.

1970년대부터 한국 영화 80여 편을 제작한 동아수출공사 이우석(86) 회장은 자신이 만든 영화 중 가장 자랑스러운 영화로 '깊고 푸른 밤'을 꼽았다. "아무도 해외 로케이션 촬영은 엄두를 못 낼 때였다. 촬영 허가도 쉽게 안 해줄 때여서 애로 사항도 많았다. 그래도 한국 영화 발전에 이바지하겠다는 신념으로 밀어붙였다."

동아수출공사는 '바람 불어 좋은 날' '겨울나그네' '칠수와 만수' '돼지가 우물에 빠진 날' 등 한국 영화사에 빼놓을 수 없는 작품들을 제작했다. 김기영·이장호·배창호·곽지균·박광수·홍상수 등 한국을 대표하는 영화감독들이 동아수출공사를 거쳐 갔다. '늑대와 춤을' '원초적 본능' 등 그가 들여온 외화도 150여 편. 무명 시절부터 성룡의 작품을 들여오기 시작해, 대스타가 되고 나서도 성룡이 '아버지'라 부르며 이 회장을 따를 정도였다. 드라마 '미워도 다시 한번'을 대만에 수출해 한류의 토대를 닦았고, TV 드라마 '판관 포청천'을 들여와 시청률 30%를 넘어서는 신드롬을 일으키기도 했다. 이 회장은 한국 영화에 기여한 공로를 인정받아 보관

문화훈장을 받았다. '기생충' '오징어 게임' 등 한국의 스토리 콘텐츠가 세계적인 인정을 받기까지 그 기틀을 다졌던 제작자를 지난달 만났다.

- 영화계에선 '한류의 원조'라고 한다. 처음 영화를 접하게 된 건 언제였나.

"한동안 떠돌이 생활을 하다가 친구 아버지네 무역 회사에서 심부름을 시작했다. 그때 외국 영화 수입권을 사오는 일을 어깨너머로 배우면서 처음으로 영화라는 걸 알게 됐다."

- 떠돌이 생활이라니?

"세 살 때 징용 노동자였던 아버지를 따라 일본에 건너가 열 살 때까지 살았다. 일본에서 학교에 입학했는데 조선인이라는 이유로 따돌림을 심하게 당했다. 그때 몰매를 맞은 후유증으로 이비인후과 수술을 수차례 받고, 장애 4급 판정을 받았다. 일본에 오래 있다간 하나밖에 없는 아들이 맞아 죽겠다며 어머니가 아버지를 설득해, 해방되던 해 한국으로 돌아왔다."
한국에 돌아와서도 그의 삶은 순탄치 않았다. 이번엔 한국어가 서툴다는 이유로 또래 아이들에게 폭행을 당했다. "결국 국민학교 5학년까지밖에 못 마쳤다. 여기서도 저기서도 적응하지 못하고 방황하다가 열다섯에 집을 나와서 방랑 생활을 시작했다."

- 열다섯에 집을 나와 무슨 일을 하셨나.

"이집 저집 돌아다니며 얻어먹다시피 했다. 부유한 집에 들어가서 애들도 봐주고, 심부름도 하면서 지냈다."

- 비뚤어지지 않고 버티기 어려웠을 것 같다.

"일본에서의 일들이 자꾸 떠올라 괴로웠다. 일본에 복수하려고 밀항 계획까지 세웠다. 매번 가려고 할 때마다 날씨가 좋지 않아 결국 포기했지만…. 뭐라도 해서 일본에 복수해야겠단 생각으로 버텼다. 영화 일을 시작했을 때도 일본 영화를 뛰어넘는 한국 영화를 만들어야겠다는 욕망이 컸다."

- 그러다 1970년에 동아수출공사를 세우신 건가.

"6·25 전쟁이 터지고 피란민들이 부산으로 몰려들었다. 그때 길가에 점치는 할머니들이 많았다. 그때 한 할머니가 나보고 투기 사업을 해야 돈을 번다고 했다. 무식해서 그때는 투기가 뭔지도 몰랐다. 그러니 할머니가 당시 부산의 동아극장을 가리키면서 '저런 걸 해야 한다'고 하더라. 동아극장 이름을 따서 회사를 세웠다(웃음)."

- 수입했던 외화 중에 가장 기억에 남는 작품은?

"내 목숨을 구해준 작품이 케빈 코스트너의 '늑대와 춤을'이었다. 그전까지 연이어 영화를 말아먹어서 굉장히 힘들었다. 당시에 '늑대와 춤을'이 아카데미상을 받아서 이 영화를 들여오려고 경쟁이 치열했다. 보통 외화 하나에 1만~2만불 주고 들여왔는데 이 영화는 8만불을 주고 들여와서 결국 성공했다."

- 서로 좋은 영화를 수입하려고 견제도 심했겠다.

"한번은 호주 시드니 영화제를 갔다 오다가 비행기에서 싸움이 붙기도 했다. 비행기에서 짐을 올리고 있는데 모 영화사 대표가 뒤에서 냅다 달려들더라. '으악' 하고 쓰러지니까 '내가 하려던 영화를 왜 뺏느냐'면서 주먹질을 하는 거다. 당시에 내가 007시리즈를 독점하다시피 들여오고 있어 불만이었던 거지. 스튜어디스가 와서 '싸우려면 내려서 싸우라'고 소리 지르고 난리가 났었다."

당시 박정희 정권은 국내 제작사의 영화 제작과 수출 실적에 따라 수입 쿼터를 배정했다. 외화로 벌어들인 수익을 국내 영화에 투자하겠다는 취지였다. 이 회장도 외화 수입 쿼터를 얻으려 제작에 뛰어들 수밖에 없었다.

- 처음 제작을 시작했을 때 어려움은 없었나.

"나는 제작의 '제' 자도 몰랐으니까 모든 작품이 어려웠다. 무조건 좋은 작가를 써야 한다는 생각뿐이었다. 영화 '별들의 고향'이 성공을 거둔 후에 바로 최인호 작가와 전속 계약을 맺었다."

- 가까이서 본 최인호 작가는 어땠나.

"글밖에 모르는 사람이었는데 한번은 영화를 찍겠다고 찾아왔다. '작가가 무슨 감독이냐' 했더니 자신 있다기에 맡겨봤다. '걷지 말고 뛰어라'라는 영화를 만들었는데 폭삭 망했다. '아이고, 회장님, 미안합니다.' 하더라. 내가 거절을 못해 투자했다가 망한 작품이 많다. 그러지 않았으면 재벌이 됐을 텐데, 하하!"

- 김기영 감독의 '이어도'처럼 파격적인 영화도 다수 제작했다.

"그 양반(김기영)은 아주 고집이 센 사람이었다. 나는 제작자로서 돈만 댔지, 연출에 이래라저래라 간섭하지 않았다. 그러자 '동아수출공사에서 연출하면 제작비도 깎으려 하지 않고, 연출자가 요구하는 대로 다 해준다'는 소문이 났다."

- 지금의 넷플릭스도 그렇지 않나.

"하여튼 동아수출공사에서 연출하고 싶다고 감독들이 좋은 작품을 들고 와서 줄을 섰다. 연출하면서도 한 번도 불평하는 감독이 없었다."

- 감독과 싸운 적은 없나?

"한 번도 없다. 감독이 하자는 대로 다 해줬으니까."

- 마음에 들지 않은 감독도 있었을 텐데.

"물론 있었지만, 표현은 하지 않았다. 내가 얘기해서 작품에 플러스가 되면 했겠지만, 오히려 마이너스가 될 게 뻔하니까."

- 제일 좋아하는 배우는 누구였나.

"우리 회사 작품을 하면서 친하게 지냈던 강수연 씨와 안성기 씨. 뛰어난 연기력에 인성과 친화력까지 갖춘 배우들이었다."

그는 평생 100편의 영화 제작이 목표였지만, 85편까지 제작한 뒤 은퇴했다. 마지막으로 제작한 작품은 조승우·양동근 주연의 '퍼펙트게임'(2011). 당시 그의 소유였던 서울 강남역 동아극장 건물을 판 돈으로 투자한 영화였다.

- 이후에 왜 영화를 제작하지 않았나.

"경제적으로 바닥이 드러났다. 한 작품을 만들려면 적어도 50억~60억은 들여야 하는데 대출해가면서까지 영화를 만들 순 없었다. 그래서 '여기까지 온 것만으로 만족하자' 하고 마무리를 지었다."

- 최근에 본 영화가 있나.

"은퇴하고 영화를 보질 않는다. 원수가 됐달까. 영화 만들려고 동아극장도 팔고, 강북에 있던 빌딩도 팔고, 서초동에 있던 저택도 팔았다. 이제 조그만 아파트 하나 남았다. 솔직히 더는 영화 보고 싶지가 않다(웃음)."

- 영화 '기생충'도 안 보셨나.

"안 봤다. 요즘은 야구만 본다, 하하!"

- 최근 넷플릭스가 제작한 드라마 '오징어 게임'에도 전 세계인이 열광하고 있다.

"70~80년대에는 일본 영화 한번 뛰어넘어보겠다는 의지뿐이었는데 이제 우리 콘텐츠가 세계 일류 수준에 이르렀다니 정말 자랑스럽다. 내가 만든 영화처럼 기쁘다."

이 회장에게 제작자로서 갖춰야 할 능력을 묻자 "돈이죠, 돈"이라는 간명한 답이 돌아왔다. "합동영화사 대표였던 곽정환 씨가 그러더라. '이 사장, 그렇게 제작비를 많이 들이면 우린 어떻게 하나. 감독들이 네 작품만 하려고 한다'고. 시나리오를 보고 괜찮겠다 싶으면 연출자한테 모든 걸 맡기고 아낌없이 투자를 했다. 그게 제작자로서의 유일한 원칙이었다."

(글/조선일보 백수진 기자)

이우석(李于錫) 연보

1935	성산이씨 정언공파 31세이신 아버님(李 基자, 萬자), 어머님(杞溪 兪씨 月자 任자)
	슬하 2남2녀 중 장남으로 10월 15일 경상북도 성주군 초전면 봉정리 575번지에서 출생
1937	세 살 때 어머님과 함께 아버님이 징용가 계신 규슈로 도일
1945	광복 이후 11월초 귀국, 고향에 돌아오다(초전면 봉정리)
	일본 규슈 탄광촌의 소학교 3학년 다니던 중 귀국, 초전국민학교 봉소분교 편입학
1947	부산시 대신동 북산리로 이주
	부산 동신국민학교 3학년 전학(우리말 서툴러 2개학년 낮춤)
1950	6.25전쟁 중 부평유리점 사환으로 사회생활 시작
1953	덕신공사 취직, 극장 입회원 등 업무
1954	일본 밀항 계획, 악천후로 세 차례 배가 안 떠 밀항 포기
1958	덕신공사 서울사무실(을지로2가 을지극장 내) 근무
1960	내자 황순희(黃順姬)와 결혼
1961	외화 〈물망초〉 수입에 덕신공사와 공동투자
1961	〈물망초〉 서울 태평로 아카데미극장서 개봉, 서울 관객 12만 명 기록, 대성공
1964	대만(자유중국)에서 열린 제11회 아시아영화제 참가
1965	(주)제일영화사 상무이사
1965	어머님 별세
1967	동아수출공사 창립(1월 24일, 서울 삼일로)
1968	〈미워도 다시 한번〉(정소영 감독) 대만 수출
1969	영국 대작 영화 〈공군대전략〉 8천 달러에 수입, 흥행 실패
1970	문화영화제작자 등록(3. 6)
1970	주식회사 동아수출공사 창립(8. 29)
1971	수출업자 등록(1. 23)
1973	공연자 등록(1. 15)
1973	영화업자 신규 등록(3. 30)
1973	우리 영화 본격 제작 : 첫 작품 〈황사진〉(김시현 감독)
1973	홍콩 스타 이소룡 〈사망유희〉 촬영 중 사망, 그 대역으로 당룡(본명 김태정) 발탁해
	무술훈련과 연기수업 등 지원
1974	이규환 감독 은퇴작 〈남사당〉 제작

1975	〈애수의 샌프란시스코〉(정소영 감독) 국내 최초 미국 로케이션
1978	이소룡 유작 〈사망유희〉 완성, 개봉
1981	한국영화진흥유한공사, 홍콩 현지법인 설립(4. 27)
1985	동아극장 개관(7. 20, 서울 역삼동)
1985	〈깊고 푸른 밤〉(배창호 감독) 개봉. 한국 최초 미국 올로케이션 작품
1986	외국영화수입업 등록(6. 14)
1987	장충극장 개관(10. 1, 서울 장충동)
1988	아버님 별세
1989	음반제작자 등록(4. 22)
1990	주식회사 영성프로덕션 설립(11. 20)
1992	비디오물 제작업자 재등록(6. 4)
1994	대만 드라마 〈판관 포청천〉 수입, KBS2 TV에서 2년간 방영
2000	센트럴6 시네마 개관(9. 27, 서울 반포 센트럴시티)
2001	동아엔터테인먼트 설립(2. 28)
2001	씨네플라자 개관(7. 28, 성남시 분당)
2004	시너스 개관(1. 15, 대전시)
2022	촬영소 넥스트 스튜디오 준공, 오픈(인천시 중구 항동)

● 사회활동

1986. 1.	대한태권도협회 이사
1993. 6.	영화진흥공사 진흥이사
1993. 6.	사단법인 해외한민족연구소 이사(~현재)
1995. 7.	예술의전당 비상임 이사
1996. 9.	사단법인 부산국제영화제 조직위원
1997. 6.	아시아태평양영화제 집행위원
2006. 5.	재단법인 한국영화인복지재단 이사(~현재)
2008. 8.	세종문화회관 후원회 이사(~현재)
2010. 3.	대한노인회 고문(~현재)
2010. 7.	(사)민족문화영상협회 등기이사
2020. 9.	(사)세계통합무술연맹 명예총재(~현재)

● 수훈 및 수상

1971	제10회 대종상 영화수출장려상
1981	제17회 백상예술대상 〈바람 불어 좋은 날〉 작품상
1985	제30회 아시아태평양영화제 〈깊고 푸른 밤〉 작품상
1986	제1회 영화진흥공사 선정 〈겨울 나그네〉 좋은 영화상
1989	제25회 백상예술대상 〈칠수와 만수〉 작품상

1990	제11회 청룡영화상 〈그들도 우리처럼〉 작품상
	제1회 춘사영화예술상 작품상
	제5회 싱가포르국제영화제 그랑프리
1992	제30회 대종상 공로상
	제28회 백상예술대상 〈천국의 계단〉 최우수작품상
1996	제16회 영평상 〈돼지가 우물에 빠진 날〉 신인감독상
	제15회 밴쿠버국제영화제 영시네마부문 최우수작품상
2001	국민훈장 보관문화훈장 수훈(대통령 김대중)
2007	아름다운 영화인상
2011	국민훈장 동백장 수훈(대통령 이명박)
2013	제9회 자랑스러운 성주인상 수상(성주신문사)
2016	제16회 자랑스런 한국인대상(영화진흥부문) (한국언론연합회)
2019	제1회 대한민국 위대한국민 대상(한국바른언론인협회)
2020	국무총리 표창(국무총리 정세균)
2022	한국영화인원로회(명예회장 신영균) 영화발전기여 공로상

동아수출공사가 제작한 영화들

순번	영화명	개봉년도	원작/각색	감 독	주연/조연	비고
1	황사진	1973	장천호	김시현	우연정 윤양하	
2	일대영웅	1973	장천호	팽장귀 강범구	박종국 이 익	
3	흑 녀	1973	이문웅	정소영	양정화 신문예	
4	마지막 다섯손가락	1974	이일목	김선경	박종국 박남옥	
5	위험한 영웅	1974	김하림	김시현	김창숙 이대엽	
6	지구여 멈춰라 내리고 싶다	1974	김경일	이재웅	리 리 남 진	
7	파 계	1974	고 은	김기영	임예진 최불암	
8	남사당	1974	백 결	이규환	윤미라 하용수	
9	황혼의 맨하탄	1974	김기영	강범구	양정화 윤일봉	
10	애수의 샌프란시스코	1975	이문웅	정소영	양정화 신영균	
11	육체의 약속	1975	김지헌	김기영	김지미 이정길	
12	태풍을 일으킨 사나이	1975	이영일	이정호	이대근 여수진	
13	밀 행	1975	윤석촌	김시현	문경희 한국남	
14	진짜진짜 잊지마	1976	서인경	문여송	임예진 이덕화	
15	걷지 말고 뛰어라	1976	최인호	최인호	하재명 박은수	
16	바다의 사자들	1976	서인경	이재웅	채 영 황 해	
17	정말 꿈이 있다구	1976	요시다 겐지	문여송	임예진 이덕화	

순번	영 화 명	개봉년도	원작/각색	감 독	주연/조연	비 고
18	밀명객	1976	장천호	김선경	김순복 김용호	
19	흑룡강	1976	강근식	김선경	황태수 김용호	
20	진짜진짜 미안해	1976	정하연	문여송	임예진 이덕화	
21	지옥행 급행열차를 타라	1976	윤석훈	박노식	한보영 박노식	
22	몸부림	1976	왕사상	고보수 김정용	윤연경 김정훈	
23	비룡문	1977	이대호	김선경	문영애 박종국	
24	이다음에 우리는	1977	김하림	김응천	임예진 이덕화	
25	일격필살	1977	박철민	박호태	한유정 안태섭	
26	진짜진짜 좋아해	1977	김지헌	문여송	임예진 김 현	
27	여기자 20년	1977	전경화 조문진(각색)	김수용	황정아 이순재	
28	아리랑아	1977	심영식 박남주(각색)	정인엽	장동휘 이순재	
29	중원호객	1977	윤석훈	이정호 황 풍	황호 진성 홍금보	홍콩GH 합작
30	이어도	1977	이청준	김기영	이화시 김정철	
31	흙	1978	이광수 김용진	김기영	김추련 염복순	
32	웃음소리	1978	최인훈 홍 파	김수용	남정임 김 만	
33	관세음보살	1978	김해근 신봉승	최인현	김정아 유영국	
34	특명8호	1978	황길용	최영철	김향미 최 성	

순번	영 화 명	개봉년도	원작/각색	감 독	주연/조연	비 고
35	당신만을 사랑해	1978	임 하	문여송	혜은이 윤일봉	
36	소림천하	1978	김정용	김종성 황 풍	왕 호 진 성	홍콩 합작
37	12인의 하숙생	1978	안정환	석래명	도금봉 유장현	
38	오대관문	1978	김정용	김정용	왕 호 유인하	
39	을 화	1979	김동리	변장호	김지미 백일섭	
40	사랑의 조건	1979	최인호	김수용	윤정희 신성일	
41	가을비 우산속에	1979	김지헌	석래명	정윤희 김자옥 신성일	
42	죽음보다 깊은 잠	1979	박범신	김호선	정윤희 이영욱 신광일	
43	그여자 사람잡네	1979	김지헌	이형표	유지인 김자옥 장미희 신성일	
44	사망탑	1980	김정용	오사원 강범구	기태정 황정리	해외로케
45	아낌없이 바쳤는데	1980	박철민	박호태	신영일 유지인	
46	바람불어 좋은 날	1980	최일남	이장호	안성기 유지인 이영호 김성찬	
47	매일 죽는 남자	1980	조해일	이원세	신영일 유지인 김추련 박근형	
48	반금련	1981	여수중	김기영	신성일 박정자 이화시 조재성	
49	아가씨 참으세요	1981	윤석훈	이형표	김태정 정윤희 서영란	
50	세번은 짧게 세번은 길게	1981	이어령	김호선	송재호 정윤희 서영란	
51	만 추	1981	김지헌	김수용	김혜자 정동화 여윤계	마닐라영화제 여우주연상

순번	영 화 명	개봉년도	원작/각색	감 독	주연/조연	비 고
52	애 인	1982	김래성	박호태	신일용 하재영 장미희	
53	복마전	1982	최 진	김종성 이 호	이재영 진 성 하 령한 희	홍콩 합작
54	생사결	1982	최 진	이형표 정소동	권용문 왕 호 서소강 장 충	홍콩GH 합작
55	금지된 사랑	1982	이문웅	송영수	최윤석 박선희 남궁원 방 희	
56	속 귀타귀	1982	정영규	김정용 신위균	홍금보 허양미 권영문 람칸포	
57	풀잎처럼 눕다	1983	박범신	이경태	안성기 진유영 박선희	
58	얼굴이 아니고 마음입니다	1983	이희우	이형표	이주일 원미경 김동현 지영경	
59	적도의 꽃	1983	최인호	배창호	안성기 장미희 신일룡 나영희	
60	추 적	1983	안준오	남기남	김동현 민복기 김영일 이은숙	
61	이방인	1984	신보응	이원세	강석우 이혜숙 비상구 하재영	
62	구사일생	1984	레오나드 케이씨호	신위균	이혜숙 장일식 김호곤	홍콩 태국 로케
63	추억의 빛	1984	이황림	정지영	김 만 조재홍 이보희 현 석	
64	깊고 푸른 밤	1985	최인호	배창호	안성기 장미희 진유영 최민희	미국 올로케
65	화녀촌	1985	이정호	김 기	이영하 이상숙 나기수 최현미	
66	장사의 꿈	1985	황석영	신승수	임성민 금보라 정 진 김영애	
67	오늘만은 참으세요	1985	레오나드 케이씨호	신위균	예대휘	
68	겨울나그네	1986	최인호	곽지균	안성기 이미숙 강석우 이혜영	

순번	영 화 명	개봉년도	원작/각색	감 독	주연/조연	비 고
69	황진이	1986	최인호	배창호	장미희 안성기 전무송 신일룡	
70	안녕하세요 하나님	1987	최인호	배창호	안성기 김보연 전무송	
71	칠수와 만수	1988	오종우	박광수	안성기 박중훈 배종옥	
72	상 처	1989	김수현	곽지균	최수지 강석우 박찬환 박혜란	
73	그들도 우리처럼	1991	최인석	박광수	박중훈 문성근 심혜진 양진영	
74	천국의 계단	1992	최인호	배창호	안성기 이아로 전무송 박찬환	
75	소녀경	1993	어윤청	박호태	남궁원 이미지 전혜성	
76	여자의 일생	1993	어윤청	박호태	최수지 이미지 한영수 오미경	
77	장미의 나날	1994	강제규	곽지균	강수연 이보희 김병세 이경영	
78	돼지가 우물에 빠진날	1996	구효서	홍상수	이응경 김의성 박진성 조은숙	
79	똑바로 살아라	1997	계윤식	이상우	박중훈 김갑수 오지명 이정희	
80	일팔 일팔	1997	신범수	장화영	정준호 송윤아 신 구	
81	바이 준	1998	최 호	최 호	유지태 김하늘 하 랑 한지윤	
82	러 브	1999	송지나	이장수	정우성 고소영 박 철	
83	시크릿	2010	윤재구	윤재구	차승원 송윤아	
84	친정엄마	2010	고혜정	유성엽	김해숙 박진희	
85	퍼팩트 게임	2011	박희곤	박희곤	조승우 양동근 최정원 마동석	

동아수출공사 국내/국제영화제 수상 내역

영 화 명	감독/출연배우	영화제 출품 및 수상 내역	비 고
이어도	감독: 김기영 원작: 이청준 출연: 이화시 김정철 박정자 박 암 최윤식	-제28회 베를린영화제 출품작 -제7회 인도국제영화제 출품작	

바람불어
좋은 날
	감독: 이장호
	출연: 안성기 김성찬
	이영호 임예진 김보연
		-제19회 대종상 감독상(이장호),
		  신인남우상(안성기), 편집상(김희수)
		-제17회 백상예술대상 영화부문 대상, 작품상,
		  신인연기상(김성찬)	

세번은 짧게 세번은 길게	감독: 김호선 원작: 이어령 출연: 송재호 장미희 정영숙 최불암	-제2회 영평상 최우수작품상, 감독상(김호선)	
만 추	감독: 김수용 원작: 이만희 출연: 김혜자 정동환 여운계	-제2회 마닐라국제영화제 최우수여자연기상(김혜자)	
적도의 꽃	감독: 배창호 원작: 최인호 출연: 안성기 장미희 나영희 남궁원 신일룡	-제29회 아시아태평양영화제 감독상(배창호) -제22회 대종상 여우주연상(장미희) -제20회 백상예술대상 연기상(안성기) -제8회 황금촬영상영화제 은상(정광석)	

깊고 푸른 밤	감독: 배창호
	원작: 최인호
	출연: 장미희 안성기 진유영
	최민희
		-제30회 아시아태평양영화제 최우수작품상,
		  각본상(최인호)
		-제24회 대종상 최우수작품상,
		  남우주연상(안성기), 감독상(배창호),
		  각본상(최인호), 촬영상(정광석),
		  조명상(김강일, 김동호)
		-제21회 백상예술대상 영화부문 대상,
		  작품상, 감독상(배창호), 연기상(안성기),
		  시나리오상(최인호)
		-제5회 영평상 최우수작품상, 촬영상(정광석)	

장사의 꿈	감독: 신승수 출연: 임성민 금보라 김영애 정 진	-제24회 대종상 신인감독상(신승수), 남자신인연기상(임성민)	

영 화 명	감독/출연배우	영화제 출품 및 수상 내역	비 고
겨울나그네	감독: 곽지균 원작: 최인호 출연: 이미숙 안성기 강석우 이혜영	-제1회 영화진흥공사 선정 '좋은 영화' -제25회 대종상 신인감독상(곽지균), 　여우조연상(이혜영) -제6회 영평상 신인감독상(곽지균)	
칠수와 만수	감독: 박광수 원작: 오종우 출연: 안성기 박중훈 배종옥 장 혁 나한일	-제27회 한국예술평론가 최우수예술가상 -제27회 대종상 신인감독상(박광수), 　각색상(최인석), 녹음상(이영길) -제25회 백상예술대상 신인감독상(박광수) -제9회 영평상 신인감독상(박광수), 　남우주연상(박중훈) -제42회 로카르노영화제 청년비평가상 　3위(박광수)	
그들도 우리처럼	감독: 박광수 원작: 최인석 출연: 박중훈 문성근 심혜진 양진영 황 해 박규채	-제11회 청룡영화상 최우수작품상, 　영화기술상(유영길) -제1회 춘사국제영화제 최우수작품상, 　각본상(윤대성), 여우주연상(심혜진), 　신인남자연기상(문성근) 제11회 영평상 최우수작품상, 　감독상(박광수), 촬영상(유영길), 　음악상(김수철) -제12회 낭트3대륙영화제 심사위원특별상, 　최우수여배우연기상(심혜진) -제5회 싱가포르영화제 그랑프리 -샌프란시스코영화제 초청작 -동경영화제 초청작 -홍콩국제영화제 초청작 -뉴욕영화제 신인감독부문 초청작 -로카르노영화제 초청작 -시애틀영화제 초청작 -밴쿠버영화제 초청작 -인도영화제 초청작 -후리부리 스위스영화제 초청작	

영 화 명	감독/출연배우	영화제 출품 및 수상 내역	비 고
천국의 계단	감독: 배창호 원작: 최인호 출연: 안성기 이아로 박찬환 정보석 송영창	-제28회 백상예술대상 영화부문 대상, 작품상, 감독상(배창호), 신인연기상(이아로) -제12회 영평상 신인연기상(이아로), 특별공로상(이권석) -제30회 대종상 신인연기상(이아로), 특별부문상(서흥익) -제16회 황금촬영상영화제 신인연기상(이아로) -영화진흥공사 선정 1992년도 좋은 영화	
장미의 나날	감독: 곽지균 각본: 강제규 출연: 강수연 이보희 이경영 김병세	-제32회 대종상 신인남우상(김병세) -제14회 영평상 신인남우상(김병세), 기술상(차정남) -제30회 백상예술대상 신인연기상(김병세)	
돼지가 우물에 빠진 날	감독: 홍상수 원작: 구효서 각본: 홍상수 출연: 김의성 박진성 조은숙 이응경	-제16회 영평상 신인감독상(홍상수), 음악상(옥길성) 제17회 청룡영화상 신인감독상(홍상수), 여우조연상(조은숙) 제20회 황금촬영상영화제 신인감독상(홍상수), 신인배우상(김의성, 조은숙), 제작공로상(이우석) -제26회 로테르담국제영화제 타이거상(홍상수) -제42회 아시아테평양영화제 최고신인감독상(홍상수) -제9회 동경국제영화제 공식초청작 -제1회 부산국제영화제 코리아 파노라마부문 공식초청작 -제15회 밴쿠버국제영화제 영시네마부문 최우수작품상, 용호상(홍상수)	

이우석 회고록
영화에 살다

1판 1쇄 인쇄 2022년 9월 27일
1판 1쇄 발행 2022년 10월 15일

지은이 | 이우석
펴낸이 | 정태욱
펴낸곳 | 여백

디렉팅·집필 | 신흥래
마케팅 | 김태윤
편집 | 이우리 김미선
디자인 | 윤삼현
일러스트 | 김제도

등록 | 1998년 12월 4일(제03-01419호)
주소 | 서울시 성동구 한림말길 53, 4층(우편번호 04735)
전화 | 02-798-2368
팩스 | 02-6442-2296
이메일 | iyeo100@daum.net

글·사진 ⓒ 이우석, 2022
ISBN 979-11-90946-19-3 (03810)